勇者様の幼馴染という職業《せってい》の負けヒロインに
転生したので、調合師に
ジョブチェンジします。
2

ルカーシュ・カミル
「ラストブレイブ」の勇者。
左目に勇者の証である金の
紋章が刻まれている。

ラウラ・アンペール
「ラストブレイブ」の勇者の
幼馴染。前世の記憶を思い出し
「調合師」を志す。

エルヴィーラ・ロコ
アルノルトの妹。
自壊病を患っている。
「ラストブレイブ」では天才魔術師。

アルノルト・ロコ
メルツェーデスの調合の弟子。
「ラストブレイブ」には登場しない
キャラクター。

エミリアーナ
アレクの婚約者。
図書館の本を読み尽くす
ほどの読書家。

アレク・
プラトノヴェナ
プラトノヴェナ地方の若き領主。
婚約者を心から
大切にしている。

ベルタ
エメの村に住む、
ラウラの調合師の師匠。

ペトラ・エメ
エメの村の村長の娘。
ルカーシュに惹かれている。

「は、初めまして、エルヴィーラちゃん。
私はラウラ・アンペールといいます」
じっとこちらを見上げてくる黒く、つり上がった瞳。
〝私〟が知るエルヴィーラよりずっと幼い。
しかし一目見て、彼女が未来の英雄だと分かった。

勇者様の幼馴染という職業《せってい》の負けヒロインに転生したので、調合師にジョブチェンジします。

2

▶ Presented by ◀
日峰
▶ Illustration. ◀
花かんざらし

口絵・本文イラスト
花かんざらし

装丁
coil

contents

01：プロローグ

夢を見た。久しぶりに、〝前世〟の悲しい夢を。

『――私、ルカのことが好き』

勇者として旅立つ幼馴染《おさななじみ》に涙ながらに告げたのは、一人の少女、ラウラ・アンペール。そしてラウラの目の前で曖昧《あいまい》に微笑《ほほえ》むのは、この世界――王道ＲＰＧ「ラストブレイブ」の勇者様《しゅじんこう》、ルカーシュ・カミル。

小さな村で暮らしていた、どこにでもいるような幼馴染の二人。ただ一つ違ったのは、ルカーシュが魔王を退ける勇者の力を持っていたということ。

王からの使者にその力を認められたルカーシュは、魔物討伐のため故郷を旅立つ。そして多くの仲間と出会い――運命の少女・ヒロインと巡り合うのだ。

勇者とヒロインは当然のように惹《ひ》かれ合い、彼らがお互いを想う強い力が世界を照らす光となる。

陳腐すぎるほど王道のＲＰＧ。それが前世、〝私〟がプレイしたゲーム「ラストブレイブ」だ。

しかし、大団円ともいえるＥＤで〝私〟は一人の少女の存在を思い出してしまった。

――序盤で勇者様《しゅじんこう》に告白した幼馴染・ラウラはどうなった？

気が付けばすっかり物語の中から姿を消していたラウラ。

告白されたにも拘わらず、何事もなかったかのようにヒロインとくっついた主人公。

それらの点から、プレイヤーの誰もがこう結論付けた。


幼馴染・ラウラは告白したけれど勇者様《しゅじんこう》に選ばれなかった、負けヒロイン。


前世の〝私〟もその結論に同意した。ラウラがかわいそうだとか、主人公が薄情だとか、主人公とヒロインの運命的な関係には勝てないだとか、様々なことを思ったが、それでも「ラウラは負けヒロイン」だという結論は覆らなかった。

「ラストブレイブ」というゲームの大ファンではあるが、ラウラというキャラクターの扱いには疑問を覚えた。同情した。そして――


一体全体どういう原理か、今世、私は「王道ＲＰＧラストブレイブ」の世界に、「負けヒロインのラウラ・アンペール」として転生した。

思い出したのは八歳になった頃。魔物に襲われかけた際に〝前世〟の記憶がフラッシュバックした。

（あ、このシーン、見たことある）

それもそのはず。幼いラウラが魔物に襲われるシーンは、主人公・ルカーシュが勇者の力に目覚めるイベントとして「ラストブレイブ」で流れたのだから。

前世の記憶を思い出した私が、目指したことといえば一つ。

――脱・負けヒロイン。

なぜこのような転生を果たしたのかはわからないが、自分の悲しい将来を知っている以上、それを回避したいと考えるのは当然のことだろう。だから私は小さく閉鎖的な故郷を飛び出ようと、村はずれに住む〝調合オババ〟に弟子入りしたのだ。

目指したのは、王城に勤める王属調合師。神様《スタツフ》から調合師の才能を与えられていたらしい私は、思いの外順調に調合師への道を歩み始めた。

その中で出会った、同じく王属調合師を目指す天才少年、アルノルト・ロコ。彼は「ラストブレイブ」の勇者のパーティーメンバーである天才魔術師、エルヴィーラ・ロコの兄であるらしかった。しかし「ラストブレイブ」ではエルヴィーラに兄がいるという描写は一切なく、生きている〝今〟は前世でプレイした「ラストブレイブ」と全てが同じではないのだと気が付く。

十四歳の春、無事王属調合師〝見習い〟となり、優しい同期や先輩に恵まれ、研修に励んでいたのだが――エルヴィーラが治療法が分からない難病「自壊病《じかいびょう》」を患っている事実が発覚したのだ。

「――もうすぐ王都に着きますよ」

馬車の御者の声に、うつらうつらとしていた意識が浮上した。顔を上げて周りを見れば、見慣れた王都のシルエットが視界に飛び込んでくる。

つい先日まで故郷・エメの村に帰省していたのだが、故郷から王都へと向かう馬車の中で、つい眠ってしまっていたらしい。

（とにかく王都についたら、自壊病についてもっと詳しく調べないと）

勇者様である幼馴染が魔王討伐の旅に出るまであと二年ほど。それまでにパーティーメンバーの一人であるエルヴィーラの難病を完治させなければ、私が知る「ラストブレイブ」と違う道をこの世界は歩んでしまうかもしれない。

――エルヴィーラの自壊病の治療法を見つける。

目下、それが私の大きな目標になっていた。

＊＊＊

王都に到着して、私はすぐに自壊病について調べ始めた。研修が終わった後、その足で図書館に向かい、少ない文献を掻《か》き集めては読み漁った。そして情報を集める中で、一つの疑問が首を擡《もた》げはじめた。

その疑問を解決するために――私は今、アルノルトを寮の部屋の前で待ち伏せている。

研修が終わってすぐ、走ってやってきたのだがそれは正解だったらしい。私が部屋の前に到着してそう時間を置かず、アルノルトはやってきた。

「アルノルトさん」

待ち伏せをされていたことに僅《わず》かに目を丸くしつつも、アルノルトは至って冷静に「なんだ」と次の言葉を促す。

恐らく彼は、私がここにきた理由を既に察しているだろう。

「自壊病のことで、一つ聞きたいことがあって……」

廊下で話すには適さないと判断したのか、アルノルトは部屋に私を招き入れた。それは無言の肯定ととっていいはずだ。

驚いたことにアルノルトの部屋は、私とチェルシーの部屋と全く同じ間取りだった。とはいっても私たちが二人で使っている部屋を一人で使っているのだから、そこまで狭苦しい印象は受けないが。

背中を壁にくっつけながら、窓際に佇《たたず》むアルノルトに問いを投げかけた。

「アルノルトさんは、自壊病ではないんですよね？」

僅かに目を丸くしたアルノルト。しかしすぐに濁りのない口調ではっきりと答えてくれた。

「あぁ。ついでに付け加えるならば、エルヴィーラが自壊病を発病したのは三歳の頃だ。既に強い魔力を持っていたが、三歳当時の俺と比べるとやや劣る」

その答えに、私の疑問は彼に見透かされているのだろうことを悟る。

普段は必要最低限の返事しかしないアルノルトが、わざわざ自分の方が魔力が強いと付け加えた意味。それは――

「どうしてアルノルトさんは自壊病になってないんですか？」

「分からん」

些《いささ》か失礼な物言いではないかと自覚しつつも、真っ直ぐに疑問をぶつけた。するとアルノルトはきっぱりと首を振る。

私を見つめてくる黒の瞳《ひとみ》は、ともすれば睨《にら》みつけられていると錯覚してしまうほど、強い光をたたえていた。その表情から、私の辿《たど》り着いた疑問は間違っていなかったのだとほんの少し安堵《あんど》する。

すぅ、と深呼吸するように息を吸って、再び口を開いた。

「一応、片っ端から自壊病についての文献を読みました。読んだ文献は全て、例外なく、この一文で締めくくられていたんです」

――自壊病は小さな体に強力な魔力を秘めてしまったが故の、自己防衛から引き起こされる悲劇の病。

脳裏に過去読んだ複数の文献を思い描く。私の脳は一字一句間違えることなく内容を思い出すことができる。

症状についての記述も全ての文献で一致していた。

――自壊病の症状には段階があり、初期段階は風邪《かぜ》によく似た症状だが、進行するにつれて体の一部が発火したり、皮膚が焼《や》け爛《ただ》れる、と。

幼い子どもがその体に、抱えきれないほどの魔力を持ってしまったとする。すると、体はその強すぎる魔力に耐えきれず、限界を迎えてしまう。それを回避しようと、持ち主の意思とは関係なく、体が少しずつ魔力を外に逃《に》がそうとするのだ。しかし体の持ち主はその魔力の移動を制御できていないため、思うように外に逃がすことができず――その逃がそうとも逃がしきれなかった魔力が体内を彷徨《さまよ》い、自壊病を引き起こしているのではないか、という説だ。

なるほど確かに、過去のデータを見れば患者全員が平均以上の強い魔力を持っていた。自壊病の発病時期もほとんどが五歳までという幼少期であり、文献に綴《つづ》られていた〝原因〟は尤《もっと》もらしかった。

しかしそこで私は思い出してしまった。最年少王属調合師兼騎士団の魔術師という職業《せってい》を背負いつつある、先輩の顔を。

強すぎる魔力が原因だと言うならば、なぜその最たる例であるアルノルトは発病していない？

「エルヴィーラちゃんは体が弱かったりしますか？　アレルギー体質だったり？」

「いや、そんなことはない。エルヴィーラは自壊病を患いながらも、普段は俺より走り回るような活発な面もある。むしろ体は同年代と比べても丈夫なぐらいだ」

アルノルトの言葉に私の疑問はますます深まる。

なぜエルヴィーラが発病して、アルノルトが発病しなかったのか。

この疑問は、何もロコ兄妹間でのことだけではない。

確かに自壊病は強い魔力を持つ子どもが発病する病と言って差し支えがなかった。しかし強い魔力と一口で言えど、エルヴィーラのように稀代《きたい》の魔術師の卵から――わざと悪い言い方をするならば――せいぜい中の上程度のレベルの患者もいた。

それぐらいの魔力を持つ魔術師であれば、それこそシュヴァリア騎士団にはごろごろいる。それなのに彼らは自壊病を発病していない。それはなぜか。魔力以外の要因が絡んでいるとしか思えなかった。

「自壊病の過去の患者の例を見るに、平均以上の魔力を持たない者には発病しないと見ていいだろう」

思考の海にどっぷりと沈んでしまった私を、アルノルトの言葉が引きずり上げた。

「患者の性別は女性が六割、男性が四割。参考数が少ないだけに、性別に偏りがあるとは言い切れない。発病時期は五歳までの幼少期が九割以上。その後、死亡に至るまでの時間は一番短くて九年、長くて四十二年と幅が広すぎる」

アルノルトは腕を組んだ。そして一層眉間《みけん》のシワを深くして、ぐっと顎《あご》を引いた。そうすることで自然とアルノルトの視線は床に落ちる。

まるでこんがらがった私の思考を整理してくれているような、殊更ゆっくりとした口調だった。

アルノルトの耳触りのよい声に導かれながら、改めて自壊病について考える。

「あとは……そうだな、ウィルスといった類のものの可能性は低い」

発病者の住居地は各地に散らばっていた。それも雪国で発病者が見つかったと思えば、次は砂漠地帯で見つかったりと、環境的な共通点は今のところ見られない。何より、患者の世話を甲斐甲斐《かいがい》しく焼いていた肉親等が感染した例がない。

それと、治療法について。回復薬による治療はもちろん、持て余している魔力を消費するために魔法を酷使するなどといった実験的な治療も行われたが、どれも効果はなかったらしい。先人たちは考えられる限りの治療法を試しては、挫折《ざせつ》していった。

——過去の症例から分かる情報はこれぐらいだ。

私たちの間に沈黙が落ちる。私はますます分からなくなっていた。

「強い魔力が原因なのは間違いないと思います。でもなんで、エルヴィーラちゃんは発病してるのに、彼女より強い魔力を持つあなたは発病しなかったんでしょう。体が頑丈だから？　アレルギーとか、体質的な問題？　過去のデータを見ても、患者の方々の共通点はそう見られません。それに患者数がやけに少ないように思います。過去の患者より強い魔力を持つ魔術師は、それこそシュヴァリア騎士団にたくさんいるでしょう。それなのになんであの人たちは発病しない？　やっぱり、発病しやすい体質とかがあるんでしょうか……」

ぽろぽろと、次から次へとこぼれる疑問。

この疑問を解明できれば一番いいだろう。しかし資料も少なければ残された時間も僅かな今、それができる自信はない。それに、もしかすると発病者はそういう運命《せってい》を背負っていたから、なんてとんでもない理由かもしれない。

そして何より、頭の中でこう囁《ささや》く〝私〟がいる。

（発病について不可解な点があったとしても、結局は本人の魔力が原因なんだから、その魔力をどうにかできれば良いんじゃ……）

考えを放棄した、ただの力技だ。この意見を述べるには中々勇気がいる――と思いきや。

「魔力が体を傷つけているのは確かだ。だったら、どうにかその魔力を抑える、もしくは一時的に取り除くことができたなら……。もっと根本的な解決法となると、魔力そのものを本人から奪ってしまうのが治療になると思うんだが……当然そんな治療法はまだ見つかっていない」

アルノルトも同じ考えに辿り着いていたらしい。彼は私よりも長い時間自壊病について調べ、考えてきたのだろう。その末の答えがこれだとすると――私たちは案外考えが似ているのか、だいぶ行き詰まっているのか。

しかしながら、最も根本的な解決方法としてアルノルトが提示した、原因である魔力を本人から奪い取ってしまうという方法には頷《うなず》けないでいた。

なるほど確かにその手が使えれば、本人を傷つけている魔力が消滅するのだから自壊病も完治する可能性が高い。とても手っ取り早く、単純明快な方法だ。しかし、私はその方法では困る。

エルヴィーラには、魔術師としてルカーシュに同行してもらわなければならない。魔力を抑えるだけならまだしも、本人から完全に魔力を奪い取ってしまえば――

しかし、この方法がもしかすると一番適しているのかもしれない、とも思う。体を傷つける魔力を抑える、もしくは一時的に取り除けたとしても、本人が魔力を持つ限り、再発する可能性は考えられる。

そして何より、何事も命には代えられない。それしか方法がないという状況になったら、躊躇《ためら》うことなく実行するべきだろう。

「そうですね……。あの、お時間ありがとうございました。もう少し調べてみます」

——魔力を抑え込む、もしくは奪い取る。

方向性が定まった。そうと決まれば、再び文献を読み漁《あさ》るしかない。とにかく量だ。少しでも引っかかるものを見つけなければ。

扉を開け、部屋から出ようとした瞬間、「アンペール！」と背後から声がかかった。振り返ると、

「頼む」

絞り出すような声で言われた。

私は大きくアルノルトに頷き返す。そして駆け出した。

＊＊＊

体内の魔力を抑え込む、もしくは奪う方法。

それを求めて様々な文献に手を伸ばしていたのだが――見つからない。薄々嫌な予感はしていたが、やはり見つからない。ページをめくってもめくっても、めくり終わって新しい本を持ってきてまたページをめくっても、その術《すべ》はどこにも書かれていない。

疲れから机に突っ伏した私の脳裏に、お師匠の声が蘇《よみがえ》る。


現在では自壊病を治す術はない――伝説や伝承の中の、万能の存在に頼らなければ。


そうだ、お師匠が見つけられなかったものを私が数日で見つけられるはずもない。しかし空振りに続く空振りに、すっかり疲弊してしまった意気地なしの私は、気がつけば自室でお師匠から譲り受けた「世界各地の伝説・伝承」についての文献を開いていた。

「伝説……伝承ぅー……」

唸《うな》りながらページをめくっていく。

元の世界でいう都市伝説がファンタジーに装飾されて纏《まと》められているような本だ。ひたすら薬草の一覧等を読み漁り、効力の掛け合わせ方法を模索するよりずっと興味深い。

気がつけば、一つ一つの項目を食い入るように読んでしまっていた。

（……あれ、これ）

――その中に一つ、見覚えのある文字の羅列を見つけた。


それは、【精霊の飲み水】という、ある街に伝わる伝承だった。


（これ、「ラストブレイブ」に登場してたアイテムだ……！）

その地方を守護する精霊が飲んでいるとされる、聖なる湧き水。それは「ラストブレイブ」に回復アイテムの一つとして登場した。ただし、道具屋に売っているようなアイテムではない。深い森をプレイヤー自身が抜けて、収集ポイントまで辿《たど》り着かなければ手に入らなかったアイテムだ。

手に入れるまで手間がかかるだけに、【精霊の飲み水】はとても優秀な回復アイテムだった。使用すればパーティーメンバー全員の体力と魔力が全回復、戦闘不能を含めた状態異常も全て治してくれるという優れものだ。

ここぞというときに使え、形勢逆転を狙える切り札。もっとも〝私〟は勿体《もったい》ない病が発病して、ゲームクリアまで使用しなかったのだが。

師匠から譲り受けた文献には、

『どんな難病も治す奇跡の湧き水』

そう記されていた。

私は椅子から勢いよく立ち上がる。すると同室のチェルシーが驚いたようにこちらを見た。

「ラウラ、どうしたの？」

彼女はベッドに腰掛け、何やら本を読んでいたようだ。驚かせてしまったらしい。

チェルシーに謝罪して「ちょっと図書館に行ってくる」そう言い残し部屋を出た。訝《いぶか》しむような視線が背中に向けられているのを感じたが、立ち止まる暇もなかった。私は重く分厚い本を胸に抱えたまま、図書館への廊下を急ぐ。

——心臓がバクバクとうるさい。はやく、はやく、とどんどん駆け足になる。

精霊の飲み水。それは確かに、「ラストブレイブ」の作中に登場した。かといってこの世界にも絶対に存在するとは言い切れない状況だ。そして、この精霊の飲み水のこの世界での効力——どんな難病も治すという効力——が本当かどうか分からない。けれど、他の伝承よりは遥《はる》かに可能性がある。

王城の中、二階分をくり抜くようにして作られた大きな図書館。最近ではすっかり常連になっているそこに駆け込む。顔なじみの司書さんがびっくりしたように目を丸くして私を見ていたが、今は挨拶《あいさつ》する時間も惜しかった。

階段を駆け上がる。誰も使っていない長机に持ってきた本を置くと、私は本棚に張り付くようにして〝それ〟を探し始めた。

なんでもいい。どんな小さなことでもいい。とにかく、この「精霊の飲み水」について調べなくては——

（……あった。あ、こっちにも！）

思いの外、精霊の飲み水に関する記述はあちこちの本の中に見つかった。しかし、数は多けれど内容はほとんど代わり映えのしない説明文ばかりだった。

一つは、その万能と言える効力。

そしてもう一つは、その伝承が伝わる地方。

これだけだ。

（場所はフラリア地方……。ゲームと一緒だ）

フラリア地方。ゲームでは序盤から中盤にかけて訪れる、一年中花が咲いている温暖な地域だ。〝私〟の記憶が正しければ、街に百歳を超えるおじいさんが住んでおり、彼からアイテムについてヒントをもらえたはず。

かなり早い段階で、万能とも言える回復薬を手に入れることができたことにとても驚いたのを覚えている。もっともその後ストーリーをいくらか進めると、倒すのに手間がかかるボスが待ち構えていて、このボスに対する救済処置かと納得したものだ。

（王都からフラリアの街までの距離は……）

今度は地図を取り出す。

恐らくそう遠くなかったはずだと記憶しているが――

「近い！」

思った以上に王都の近場で、思わず大きな声を上げてしまう。すると即座にあたりから複数の厳しい目線が飛んで来て、私は身を縮こまらせながら数度頭を下げた。

咎《とが》めるような視線を感じなくなってから、あらためて地図に目線を落とす。そして王都の場所とフラリアの街の場所を見比べた。

(やっぱり、エメの村よりずっと近い……。今度の休みに行けるかもしれない)

どんな難病も治すという、奇跡の水。

もしそれがこの世界にも存在するのだとしたら。そしてそれを手に入れることができたなら――自壊病の不可解な点も何もかもすっ飛ばして、エルヴィーラを救えるかもしれない。

効力が伝承の通りとも限らないが、かけてみる価値は十分ある。

私は決意した。

(少しでも早く、フラリアの街を訪れよう。あ、でも――アルノルトに報告した方がいいかな)

脳裏を過《よぎ》った考え。彼の理解が得られたなら、何かと協力できて心強いだろう。何より、一人で精霊の飲み水がある可能性がある森の奥深くへ足を運ぶのは心細い。魔物も出た覚えがある。強い魔力を持つアルノルトが同行してくれたならば――

しかし、なんと話せば良いのだろう。

前世の記憶からして、この「精霊の飲み水」は実在している可能性が高いです――なんて。馬鹿正直に言ったところで、鼻で笑われるだろう。信頼を失う可能性だってある。

(他に同行をお願いできそうな人物と言えば……ルカーシュ?)

そこで脳裏に浮かんだもう一人の人物は、未来の勇者様である幼馴染《おさななじみ》・ルカーシュだ。彼ならば詳しい理由を話さずとも同行してくれるだろう。しかし一度故郷の村が魔物に襲われている以上、魔物を退ける力を持つ彼が村を離れるというのは危険だ。

はてさて、一体どうするべきかと頭を抱えていたら。

「あ、やっぱりここにいた！」

可愛《かわい》らしい声が頭上から降って来た。

顔を上げずとも分かる、この声はチェルシーだ。

ゆっくりと伏せていた視線をあげると、予想通り笑顔のチェルシーと目線がかちあった。

「チェルシー、どうしたの？」

彼女も図書館に探し物をしに来た、という訳ではなさそうだ。私を捜しているような口ぶりだった。

「カスペルさんがラウラに用があって来てるよ」

そう言うチェルシーの肩越しに、もじゃもじゃ頭が見えた。そのもじゃもじゃ、がいつもより激しいように見えるのは気のせいだろうか。

チェルシーは私の許から離れてカスペルさんに駆け寄ると、数言交わしてから一度私を振り返る。そして口の動きだけで「部屋に帰ってる」と言うと、階段を下りて行った。

頭を手でかきながらこちらに近づいてくるカスペルさん。動きがいつもよりゆっくりなためか、疲れているように見えて——実際顔をよく見ると、目の下に薄くではあるがクマがあった。

「詳しくは明日、研修前にお話ししようと思うんすけど」

口調もいつもよりゆっくりで、心なしか声のトーンも低い。

休日に一体何の用だろう。わざわざ私を捜しに来たということは、私個人への用件か。それも、チェルシーをこの場から離れさせるという時点で――もしかすると、それなりに重要な用件かもしれない。

なぜだか嫌な予感がする。先ほどの高揚感とは違う理由から、心臓がバクバクと音を立てていた。


「ラウラちゃん、見習いから『助手』に昇格っす」


鼓膜を揺らした言葉の意味が理解できなかった。

ぽかん、とだらしなく口を開いた私を気にもとめず、カスペルさんは大きな欠伸《あくび》を一つ。そして
「明日また説明するっす」との言葉を残すと、踵《きびす》を返した。

丸まった背中を見送りながら――というより、唖然《あぜん》と見つめながら――頭の中で先ほどのカスペルさんの言葉を反芻《はんすう》する。

――見習いから、助手に昇格。

「……は？」

それでもやはり、その言葉の意味が理解できなかった。

02：王属調合師助手

「えーっと、昨日既にお伝えした通りなんすけど、ラウラちゃん、今日から助手に昇格っす！　おめでとうございます！」

朝一番に呼び出されて、告げられた辞令。

カスペルさんの言葉をそのまま受け取るならば、王属調合師見習いから、王属調合師助手、に肩書きが昇格したということだろう。それは察せるが、なぜ突然昇格を告げられたのかが分からない。特にこれといった功績を挙げた訳でもないし、そもそも助手という地位が存在したこと自体初めて知った。

「あの、助手ってどういうことですか？」

戸惑いをそのまま声音と表情に出して尋ねた。その問いに答えてくれたのは――いつの間にいたのやら、私の背後に立っていたアルノルトだった。

「王属調合師助手。見習いよりは地位が上だが、正規の王属調合師ではない」

なぜ彼がここに。

疑問と違和感を覚えながら、しかしそれは表に出さず質問を重ねる。

「助手って……そんな制度あったんですか？」

「特例っす」

あっさりと、当然のような口調で言い切られてしまい、言葉を失う。

特例。その単語にますます私の頭は混乱した。

才能があると、カスペルさんに直接言われたことを覚えている。けれど私に特例を施行するほど、彼の前で成果を披露できているとは思えない。

そもそも助手とは一体どのような特例なのか。

しかし尋ねるより早く、困惑を隠そうともしない私に苦笑を浮かべたカスペルさんが口を開いた。

「今まで助手の肩書きを背負ったのはアルノルトだけっすよ。ラウラちゃんで二人目っす」

思わず背後を振り仰いでアルノルトを見た。しかし彼は何も感じていないようなすました表情で、目も合わせない。

「ご存じかもしれませんけど、正規の王属調合師になるためには、最低でも二年間の研修を受けなきゃならないんす。見習いとして二年修業を積んだら、昇格試験を受ける資格が得られるんすよ」

アルノルトがカスペルさんの隣に立った。黒の瞳《ひとみ》は相変わらずこちらを捉《とら》えず、あたりを彷徨《さまよ》っている。

「まあ、三年目で正規の王属調合師になる天才なんて……隣にいるんすけど。このかわいくない天才くんのためにできた特例っすよ。優秀な見習いに相応の立場と待遇を与えるための特例っす」

ははは、とカスペルさんは乾いた笑い声をこぼした。天才くん、との言葉の響きに棘《とげ》を感じたのは気のせいだろうか。

それにしても、その才能から特例まで作ってしまうなんて、相変わらずアルノルトは大層な職業《せってぃ》を背負っているようだ。興味がなさそうに冷めきった黒の瞳を見て、なるほどリナ先輩の気持ちが少し分かった気がした。

不意にその瞳がこちらに向いた。思わず背筋が伸びた私に、アルノルトは若干の同情を声に滲《にじ》ませて言う。

「昇格試験を受けるための条件自体を変えるには、頭の固い連中を納得させないといけない。それを面倒に思った奴らが抜け道として作った特例だ。才能を持つ見習いを早いうちから酷使するために、な。見習いは教育係の立ち合いなしに調合することはできないが、助手になれば一人で調合が可能になる。その他にも、見習いには与えられていない権限が助手には与えられている」

「悪意に満ちてる説明っすね……。まぁ、その通りなんすけど」

アルノルトのあけすけな物言いに、不満こそこぼせど否定はしないカスペルさん。アルノルトのその説明は、特例第一号の彼がそういった扱いを受けてきたのだと察するには十分だった。

彼らの話からするに、私は才能を買われたと自惚《うぬぼ》れても良いのだろうか。それはとても光栄なことだが、話を聞けば聞くほど様々な疑問がふつふつと湧いてくる。

「ラウラちゃん、君もきっと再来年の今頃は、正規の王属調合師になっているに違いないっす。この前の魔物襲撃の際、ラウラちゃんの調合師としての腕はしっかりと分かりました」

にっこりと笑って告げられた言葉に目を丸くする。

この前の魔物襲撃の際。それは、ヴェイクが右目を失ったとき——王都すぐ近くに魔物の大群が現れたときのことだろう。

ちなみに、ヴェイクとは未だ会えていない。右目だけでなく大きな怪我《けが》を複数負っており、更には魔物の毒が全身に回っていたそうだ。怪我や毒による後遺症は——見えなくなった右目を除いて——残っていないが、片目での生活に未だ慣れていないらしく、その情けない姿を見られたくないと本人が面会を拒絶している。

「アルノルトにも引けを取らない作業の素早さはもちろん、回復効力を最大限に引き出してたっす」

「いつの間に見てらしたんですか……」

「見てないっすよ」

思いもよらない返事が即座に飛んできて私は更に目を見開いた。

見ていないのに、なぜ知っているのか。

カスペルさんは私の心の内の疑問を掬《すく》い取るように、的確な答えを口にする。

「アルノルトとオリヴェルさんからの推薦っす」

さらりとそう宣《のたま》ったカスペルさん。私は思わず「えぇ……」と戸惑いの声をあげた。

アルノルトは私の才能を買ってくれている。それは間違いない話で、ともすれば私を推薦してくれても不思議ではない。

もう一人、オリヴェルさんは私の回復薬を使用し、そして褒めてくれた。彼も、カスペルさんに私の回復薬の効力を褒めると共に報告してくださったのかもしれない。

特例を作らせた天才と、騎士団の副団長。肩書きとしては十分だ。けれど実際に自分の目で確かめないまま、特例を施行して良いものなのか。

（それに、どうしてこのタイミングで昇格？）

中途半端な時期、というのは私個人の感じ方だが、こんなにも突然昇格は告げられるものだろうか。助手へと昇格させ、見習いよりも確か且つ身軽な地位にすることで、私に何か指示したい、任せたい案件でもあるのでは、という考えが脳裏を過《よぎ》る。

未だ困惑の表情を浮かべる私に、カスペルさんは白い歯を見せてカラッと笑う。気持ちの良い笑顔だった。

「あ、でもラウラちゃんの回復薬はこの前こっそり飲ませてもらったっす。リナさんにご協力いただいて、調合する様子も見てたっすよ。ラウラちゃんの手際の良さも、回復薬の質の高さも実感したっす。いやー、やっぱり天才っすね！」

早口でまくし立てられた言葉にいくらか安心する。流石《さすが》に推薦だけで、自分の目で見ることなく特例を施行すると決めた訳ではないようだ。

未だ戸惑いの気持ちはあるが、それでも真正面からこうも褒められては恐縮してしまう。もちろん嬉《うれ》しいがそれ以上に恥ずかしい。

私は気持ち目線を下げて口を開いた。

「調合に関しての知識だけは、なぜかすぐ覚えられて」

「そういうのを才能って言うんすよ。それにラウラちゃんは、真水の量や煎《せん》じる火を止めるタイミングが毎回同じなんすよ。例えるならば、一秒のズレもなく正確に時間を刻む時計のようで！　実際に何回か時間計ったんで、間違いないっす」

カスペルさんの言葉に、私は再び驚きに目を見張った。

――タイミングが毎回同じ。時計のように正確。

その褒め言葉が自分に向けられて、喜びに頬を綻《ほころ》ばせるより先に、そうだろうか、と首を傾《かし》げた。

確かに調合において真水の量や火を止めるタイミングは重要だと十分理解した上で、それなりに気を付けているが――まるでズレのない時計のように、と称されるほど的確に作業を行っている自覚はなかった。

真水の量はきちんと測っている。火を止めるタイミングも、多少は脳内で時間を計っている。けれど、常に砂時計などで機械的に計っているのではなく、自分の感覚――これぐらいだろう、という視覚による曖昧《あいまい》な判断――に頼っているところがあった。

「ラウラちゃんは天才っす」

疑問に思えど、カスペルさんに〝天才〟という言葉を押し付けられるように微笑《ほほえ》まれてしまっては、今更口を挟むことは憚《はばか》られた。

カスペルさんの指摘からするに、もしかすると私の調合に関する不自然な才能は、記憶力だけではないのかもしれない。もう一つ、私は神様から幸運にも才能を授かって生まれて来たのかもしれない。

思えば、今まで調合で失敗したことは一度もなかった。お師匠につまらないとぼやかれたほどだ。

それはこの異様な記憶力の良さからだと思っていたのだが――他の才能も絡んできていたのだろうか。

カスペルさんの言葉で、かつて蓋《ふた》をした疑問が再び顔を覗《のぞ》かせた。

なぜ調合師に必要な能力だけが、こうも都合よく備わっているのか。

何も考えず、自分には才能があるのだと誇ればいいのかもしれない。しかし、この不自然な才能をどうにか理由付けて説明しようと試みると――私がこの世界で調合師になることは、決められた使命《せってい》だったのではないか、という考えが脳裏を過《よぎ》った。

(――違う。この道は私が自分で選んだんだ)

「ラストブレイブ」のラウラ・アンペールではなく、自分の人生を歩むために。

脳裏を過った考えを振り払うように、軽くかぶりを振ってカスペルさんを見た。すると私の視線に気づいた彼は、浮かべていた笑みを消して真剣な表情になる。そしてそのまま私をじっと真正面から見つめた。

こんなにも真剣な表情のカスペルさんは初めてだ。

私は思わず唾《つば》を飲み込んだ。無意識のうちに、白衣の裾《すそ》を強く握り込んでいた。

「改めて、ラウラ・アンペールさん。あなたを本日付で王属調合師助手に任命します。そして――」

そこで一度言葉を切り、カスペルさんは隣のアルノルトを見る。

その時点で、私は次の言葉を察した。そして同時に、なぜ彼がこの場に立ち会っていたのかという謎も解けた。

「あなたの新たな教育係は、アルノルト・ロコに頼みます」

予想通りの言葉が彼の口から発せられる。

しかし、これはとても好都合な、願ってもないことだ。今後、エルヴィーラのことでアルノルトと行動を共にしたり、意見を求める機会が増えるはずだと考えていた。アルノルトが教育係になってくれたのならば、わざわざ彼と会うために寮部屋の前で待ち伏せせずに済む。

随分と都合の良い展開だ、と思いつつも、特例同士で組ませたと考えれば自然なことかもしれない。

カスペルさんの隣、アルノルトをこっそりと見上げる。すると彼も私を見つめていたのか、バチっと目があった。

これからお願いします、という気持ちも込めて軽く会釈する。するとアルノルトはどこか満足げに頷《うなず》いて応えた。

「更に、ラウラちゃんには突然のことで申し訳ないんすけど――」

続いて鼓膜を揺らした言葉に、再びカスペルさんに目線を戻す。すると彼は、とても申し訳なさそうに顔を歪《ゆが》めて、更にいつも以上に背を丸めていた。

その態度と言葉からして、今度は自分にあまり都合のよくないことが降りかかってくるのだろう、と予想ができた。――そう、予想はできたのだが。

「短い期間なんすけど、アルノルトとラウラちゃんのお二人には北のプラトノヴェナ支部に出張してもらうっす。……明日から」

「……は？」

――突然の出張命令までは、流石に予想できなかった。

＊＊＊

「寒い！　寒いです！」

王属調合師見習いから助手へと昇格したあの日から、数日。

一面銀世界の中をアルノルトと二人、馬に揺られていた。

「もう着くから静かにしろ」

そう頭上で煩わしそうにアルノルトは言う。私の背中に彼の胸板が当たっているが、厚いコートで遮られているため温もりは全く伝わってこない。

カスペルさんに北の支部への出張を命じられてから、理由も何も知らされず、私たちはプラトノヴェナ地方へとやって来た。命令があってからすぐに王都を発《た》ち、馬車を乗り継ぎ、船に乗り、気がつけば目前に広がっていたのは一面の銀世界。

プラトノヴェナ地方は一年中雪が降る、ＲＰＧ終盤にありがちな地方だ。かつては〝私〟もゲーム終盤に訪れた。景色もフィールドＢＧＭも幻想的で、当時は特に気に入っていた地方だったのだが、実際に訪れてみると景色なんて堪能している暇はない。寒い。とにかく寒い。肌が露出している部分は寒さのあまりちくちくと針で刺されるような痛みを感じるほどだ。

「ほら、あそこだ」

アルノルトがそう言って指差した先には、確かに街が見えた。その街並みも遠くからではあるが、どこか懐かしさを覚える。

どんどん近づく街の灯を見つめながら、そういえばこの地方は若い貴族が治めていたなと思い出す。銀髪に澄んだ水色の瞳《ひとみ》を持っていた男は、その容姿からそれなりに人気があった。自分以上に若い妻と、街で一番大きな屋敷に住んでいたはず――などと思い出しているうちに、街は目前に迫っていた。

そこで気がつく。

街の入口にそびえ立つアーチの下に、一人の女性が立っている。それも、こちらをじっと見つめているように見える。

女性は激しく燃える炎のような真っ赤な髪を持っていた。毛先はいくらか色が褪《あ》せたオレンジ色で、綺麗《きれい》なグラデーションになっている。

腰に届くか届かないかぐらいの長い髪を揺らして、女性はこちらに向かって手を振ってきた。プラトノヴェナ支部の方が迎えに来てくれたのだろうか、と失礼ながら馬上から軽く会釈したが、

「アルノルト、相変わらず無愛想だなぁ！」

「ヴィルマさん、お久しぶりです」

どうやらアルノルトと顔見知りらしい。ヴィルマさんと呼ばれたその人は、女性でありながらとても凛々《りり》しい声をしていた。

先にアルノルトが馬を降りる。そのまま流れるようにこちらに手を差し伸べてくれたので、その手を借りて私もたどたどしく馬から降りた。するとすかさず赤い髪の女性は私に声をかけてくる。

「それで、キミが噂の特例第二号くん」

「ラ、ラウラ・アンペールです」

私の挨拶《あいさつ》に、目を細めてヴィルマさんは笑う。その笑顔は女性的な可愛らしい笑みではなく、中性的でかっこいい、と形容できるような笑みだった。

「私の名前はヴィルマ・エイマ。ここ、プラトノヴェナ支部のメンバーさ」

少し飾ったような、気障《きざ》な物言いがよく似合う。

よろしくお願いします、と挨拶を交わしたところで歩き出す。どうやら街を案内してくれるらしかった。

――出張を命じられた時から密《ひそ》かに疑問に思っていたのだが、プラトノヴェナ支部とやらはどこにあるのだろう。そもそも、「ラストブレイブ」には調合師という職業と、王城勤めの調合師という表現は何度か登場したが、王属調合師という単語は出てこなかった。

つまり、〝私〟の記憶の中のプラトノヴェナには、王属調合師が派遣されているプラトノヴェナ支部という建物は存在していない。

「急にすまないね、呼び出したりして」

「いえ。ここ最近、魔物とよくやり合ってるんでしょう」

「そうなんだ。それで情けない話なんだが、回復薬の調合が間に合っていなくてね……」

どうやら過去に交友があったらしい二人の会話を傍で聞いて、ようやく自分がここに来た目的を悟った。

なんとなしに察してはいた。突然の出張命令と、それに合わせるかのような昇格。何か深刻な訳があるに違いないとほぼ確信していた。それに、調合師が必要になる深刻な訳と言えばかなり絞られる。

「王都も先日、魔物の襲撃を受けたんだろう？　応援を要請したものの、あまり期待はしていなかったんだが……。まさか希望通り二人寄越してくれるとは、嬉しい誤算だよ」

「特例を使って無理やり人手を増やしたような状態ですが」

「何を言うんだ、特例二人組じゃないか。心強い」

特例二人組。その単語に苦笑する。

アルノルトの言葉からして、今回の応援依頼に間に合わせるために、私の昇格は決まったのだろう。

先日のような魔物からの襲撃を受ける可能性がゼロではなくなった今、王都にできるだけ正規の王属調合師を置いておきたい。しかし魔物に襲撃される可能性が高い街を放っておくこともできない。それらの妥協案として、光栄にも私が選ばれた。そんなところか。

ヴィルマさんは立ち止まり、私を振り返った。そして軽く膝《ひざ》を曲げ、目線を合わせてくれる。

「ラウラくん、キミたちにはしばらくここに滞在して、回復薬の調合を手伝って欲しい。お願いできるかい？」

改めてヴィルマさんの口から依頼された。それに私は大きく頷く。

まだまだ助手がどのような立場かも詳しく把握していないが、私にできることがあれば、またこの能力を活かせるのなら、できる限りの事をしたい。

私は背筋を伸ばし、ヴィルマさんに向かって微笑《ほほえ》んだ。緊張からか、頬がほんの少しだけ引き攣《つ》った。

「助手になったばかりですけど……。精一杯努めさせていただきます」

私の言葉に、ヴィルマさんは満足したように頷く。

「うん、いい顔してるじゃないか。おい、アルノルト。お前もうかうかしてると、あっという間にラウラくんに追い抜かされるぞ」

ほれほれ、と揶揄《からか》うようにアルノルトの小脇を肘《ひじ》でつつくヴィルマさん。対してアルノルトはうっとうしそうに振り払っていたが、随分と気安い仲のように見えた。

「ラウラくんはいくつなんだい?」

「十四歳です」

「……それはそれは。今年、見習い試験に受かったばかりか! すごいな」

雑談を交わしつつも、街の様子もしっかりと窺《うかが》う。進む道からして、ヴィルマさんはおそらくプラトノヴェナの宿屋に案内しようとしてくれている。今までと同じように、この街の地図も一通り〝私〟の頭の中に入っている。

「アルノルトが助手になったのはもう少し遅い時期だったよ」

「……一か月と少ししか違いませんが」

「それでもラウラくんの方が早いのは確かだろう。負けず嫌いは相変わらず、か」

ふふふ、と笑うヴィルマさんに、すねたようにフイ、とそっぽを向くアルノルト。

思わぬ情報――私の方が一か月ほど、助手になった時期がアルノルトより早いという情報――を知れたところで、不意に数歩前を行っていたヴィルマさんが足を止めた。どうしたのだろう、と軽く身を乗り出して様子を窺うと、彼女はある方向を指差した。その先には、大通り――プラトノヴェナのメインストリートが続いている。

「この道を真っすぐ行くと、右手に大きな屋敷が見えてくる。キミたちにはその屋敷に滞在してもらう予定だ。本当ならば屋敷まで案内したかったんだが、少し急を要する案件を残してきてしまってね。申し訳ないが、屋敷までは二人で行ってくれ。おそらくは屋敷の者が外に出て待っているだろうから、声をかけられるはずだ」

そう言ってヴィルマさんは私に地図を手渡してきた。

彼女の言う屋敷とは、もしかしてこのプラトノヴェナを治める領主の屋敷だろうか。

すまない、ともう一度謝罪の言葉を口にすると、ヴィルマさんは私たちに示した道とは違う道をかけていく。その背を見送っていたら、背後からアルノルトが雪を踏みしめる音が聞こえてきた。

歩き出したアルノルトに、私も続く。

（街の構造は基本的に一緒だけど、見慣れない建物がいくつかあるな……）

地図をざっと眺めた後で、数歩前を行くアルノルトの横顔を盗み見る。凍えるような寒さにも顔色一つ変えていない彼に、先程から気になっていたことを問いにしてぶつけた。

「魔物の襲撃、最近増えてるんですか?」

「あぁ、まぁな。襲撃といっても、街に魔物が攻め込んできたことはないそうだ。街のすぐ近くに度々魔物の群れが現れては、兵士たちが退けているらしい」

はぁ、と白い息を吐きながらアルノルトは答えた。その横顔はわずかに歪んでいた。

先程から目前に広がる景色に僅《わず》かな違和感を覚えていたのだが、その正体がはっきりと分かった。街のあちこちに配置されている兵士の多さだ。右を見ても左を見ても、途切れることなく武装した兵士が立っている。

――これから各地で魔物による襲撃が増えていくのだろう。その未来を思うと、思わず私の口からもため息がこぼれる。

そのため息に被せるようにして、アルノルトは言葉を続けた。

「魔物の群れの規模がだんだんと大きくなっているようで、今後魔物の大群に街が襲われるのではないかと懸念されている。それに備えるためにも、俺とお前が駆り出された、という訳だ」

「このために、私を助手に?　人手が欲しかったからですか?」

先ほどのアルノルトの言葉を思い出す。彼は特例を使って無理やり人手を増やした、と言っていた。

私のあけすけな問いにアルノルトは一瞬苦虫《にがむし》を噛《か》み潰したような表情を見せる。しかしいくらかその険しい表情を和らげると、しっかりと頷いた。

「そうだ。王都もまたいつ魔物に襲撃されるとも分からない。そんな状況で、王属調合師二人をやすやすと応援に送り出せるはずもないが、襲撃される可能性のある街を放っておくこともできない。しかし応援が一人だけというのは心許ない……などと考えたとき、お前の存在に上が気が付いた」

どうやら私の読み通りだったようだ。

最終的に決めたのは誰か分からないが、考えに考えた末の結論だったのではないか。そうでなければ出発日前日になってようやく本人に知らせる、なんてことにはならないだろう。

やはり魔物襲撃の恐れがある地に、十四歳の娘を送るのは躊躇《ためら》ったか。

そこまで考えて――冷静すぎる自分に驚いた。

そうだ、先程から自分の身が置かれている状況を冷静に判断しているが、この街は魔物の大規模な襲撃を受けるかもしれない地なのだ。そんな場所に何の説明もなしにいきなり飛ばされて、普通であれば不安に思ったり怒りを覚えたりするのではないか。

なぜそれらの感情が一切湧いてこないのだろう、と自分で自分を不気味に思い――答えに辿《たど》り着いた。

私は少なくとも十六や十七あたりまでは、絶対に自分が死ぬことはないと無意識のうちに思っていたようだ。なぜなら、ラウラ・アンペールは端役ながらも「ラストブレイブ」に登場する、勇者様の幼馴染《おさななじみ》なのだから。

――自分で「ラストブレイブ」の未来から抜け出したいと好き勝手もがいた癖に、自分に都合のいい部分は、無意識のうちに「ラストブレイブ」に縋《すが》っている。

口元に浮かぶ自嘲《じちょう》を誤魔化すようにゆるく目元を細めて、不自然な笑みでアルノルトに尋ねた。

「カスペルさんが決められたんですか？」

「違う。むしろあの人は上の判断に反対していた。助手になって早々に、戦場になるかもしれない街に送り出すなんて危険すぎる、と」

その言葉に、昇格を告げて来た際のやけに疲れた顔をしていたカスペルさんが脳裏に蘇《よみがえ》った。あのときのカスペルさんは、散々〝上〟に私の身を心配して反対してくれた後だったのかもしれない。

アルノルトが口にした〝上〟という単語が指す人物をいまいちうまく思い描けないが、カスペルさんの心労は察して有り余る。

「それで同行者に俺が名乗り出た。上は俺を王都から出すことに渋ったが……押し切った。この街に来て確かめたいこともあったしな」

確かめたいこと。

耳に止まったその言葉に私は首を傾《かし》げる。

アルノルトが同行を申し出て、かつそれが受け入れられた理由の一つに、彼が強い魔力を持っている、という点があるだろう。もし万が一魔物の襲撃を受けたとしても、魔術で対抗できる。私は守ってもらえる。カスペルさんはアルノルトの同行を喜んで受け入れたかもしれない。

けれどアルノルトが王都から離れれば、その分優秀な調合師と魔術師が不在になる。大層な職業《せってい》を背負ってしまったがために、彼はしがらみに囚《とら》われた、中々に煩わしい立場におかれているようだ。

　けれど最終的には「確かめたいことがある」と上の声を跳ね除《の》けたのだろう。押し切った、という表現からして、それなりに揉《も》めたのかもしれない。それでも最終的にアルノルトを押し切らせた理由は一体何なのかと、どうしても気になってしまった。

　しかし、聞いたところで簡単に答えてはくれないだろう。下手《へた》をすれば機嫌を損ねかねない。はてさて疑問は呑《の》み込んで大人しくしているべきか、思い切って尋ねてしまおうか——等々考えを巡らせていたら、

「アルノルト様とラウラ様ですかっ?」

　背後から呼び止められた。

　とても可愛らしい、鈴が鳴るような、という形容詞がぴったりなその声に振り返る。

「お待ちしておりましたっ。わたしはお二人のご案内係を申しつけられました、エミリアーナと申しますっ」

　エミリアーナ。そう名乗った少女は、私とアルノルトが振り返るなり一度深く頭を下げた。そしてゆっくりと顔を上げる。

　目の前の少女はまたあどけなく、けれど私よりは年上のように見える。十六かそこらだろうか。ふっくらとした頬は寒さからか真っ赤に染まっており、震わせる睫毛《まつげ》は瞬《まばた》きする度に音がしそうなほど長い。

彼女はゆるいウェーブを描く金髪を高い位置でお団子にしていた。こちらを遠慮がちに見つめてくる青の瞳《ひとみ》は爛々《らんらん》と輝いており、陳腐な言い回しだが宝石のようだ。

一言で言えば、美少女。見惚《みと》れてしまうほどの美少女。けれどそれだけでなく、私は別の理由で彼女の顔を不躾《ぶしつけ》にじろじろと眺めてしまった。

——〝私〟は彼女のことを知っている。見覚えがある。

「俺はアルノルト・ロコだ。こっちはラウラ・アンペール。よろしく頼む」

アルノルトが挨拶《あいさつ》する横で、頭を下げつつも目線はついつい少女の顔に向いてしまう。流石《さすが》に気づいたのか、彼女は私の目線に戸惑うように、どこか居心地の悪そうな照れ笑いを浮かべて——その表情が、重なった。

(——あ、奥さんだ)

こぼれそうになった呟《つぶや》きを、すんでのところで呑み込む。口元を両手で押さえ、もう一度その顔をじっと見つめた。

間違いない。〝私〟は彼女を見たことがある。

彼女、エミリアーナは数年後、この地方を治める貴族の妻になっているキャラクターだ。

「よ、よろしくお願いします。ラウラ・アンペールと申します」

ご領主様の奥様ですか？　——などと、思わず投げかけそうになった問いはぐっと呑みこんで挨拶だけに留めた。しかし。

「アレク・プラトノヴェナ殿の奥方様で？」

私の努力を、アルノルトが呆気《あっけ》なく水の泡にしてしまう。

エミリアーナは想像通りその柔い頬を真っ赤にして、更に青の瞳を見開く。なぜ知っているのかと驚いているのだろう。驚きのあまり、半開きになった小さく可愛《かわい》らしい口からは何も言葉が出てこない。

初対面でいきなり失礼では、と真っ赤に染まったエミリアーナを憐《あわ》れに思いつつアルノルトの横顔を見やると、彼もあまりの反応の良さに面食らったのか、咳払《せきばら》いを一つしてから改めて口を開いた。

「失礼。プラトノヴェナ殿にはエミリアーナという名前の奥方様がいらっしゃると、ヴィルマから聞いておりましたので」

合点がいったらしい。エミリアーナさんはようやく「あぁ……」と頷《うなず》いた。

「そ、そうです。正式にはまだ婚約者、ですが」

えへへ、と照れ臭そうに微笑む。その笑顔は同性の私ですら見惚れてしまうほど可愛らしいものだった。

――もしかすると、「ラストブレイブ」で出会ったおしどり夫婦の馴《な》れ初《そ》めをこの目で直接見られるかもしれない、なんて。ほんの一瞬、自分がここに来た理由を忘れて胸をときめかせた。

＊＊＊

突然、目がくらむような眩《まぶ》しさを感じた。

それから逃れるようにううん、と寝返りを打って、

「ラウラ様、気持ちの良い朝ですよー！」

まだ聞き馴染《なじ》みのない可愛らしい声に、今自分は出張先にいるのだという事実を思い出した。

だんだんと覚醒《かくせい》する意識。それでも未だ寝ぼけ眼の私に、エミリアーナさんはにっこりと眩しいくらいの笑顔を向けて来た。

「おはようございますっ」

「お、おはようございます……」

エミリアーナさんの笑顔は、窓越しの陽の光にも負けない眩しさだ。

「朝食の準備ができていますから、支度が整ったらいらしてくださいね」

そう言葉を残すと彼女は部屋から出て行った。

ふわぁ、と一つ大きな欠伸《あくび》をして、このままベッドに腰掛けていては二度寝しかねないと慌てて立ち上がった。そして一度ぐっと背伸びをしてから部屋の中を見渡す。

あの後、エミリアーナさんに案内されたのは〝私〟の予想通り、この地方を治める貴族の豪邸だった。

一人では有り余る大きさの豪勢な客室に、私とアルノルトはそれぞれ案内された。なぜこんな歓迎を、と戸惑う素振りを見せると、エミリアーナさんは「わたしたちがお願いして来ていただいたので」と微笑《ほほえ》んだ。

身支度を終え、廊下に出る。するとちょうど向かいの部屋の扉も開き、そこからアルノルトが出てきた。

ぴったりなタイミングに驚きつつも、挨拶はしっかりと交わす。

「おはようございます、アルノルトさん」

「眠れたか？」

「はい、ぐっすり」

その言葉に嘘はない。ベッドが大きい上にふかふかで、正直慣れ親しんでいる王城の寮部屋のベッドより心地よい眠りにつけた。

「今日からしばらく調合三昧《ざんまい》だからな。睡眠はしっかりとっておけ」

わざと不安を膨らませるような物言いに私は苦笑する。

どちらからともなく二人並んで廊下を歩き出した。この街を治める貴族のお屋敷とだけあって、隅の隅まで清掃が行き届いている。足元に敷かれているワインレッドのカーペットも、派手すぎずとても上品だ。

そこに見える花瓶一つを取っても高価なものなのだろう、寮部屋に置いている花瓶とはまさしく桁《けた》が違う、などと考えて、それも当たり前だと苦笑した。

プラトノヴェナ地方は国内でも特に広大である。「ラストブレイブ」の主な舞台であり、私たちが現在住んでいる大国・オストリア国の中の、それも特に広い領地を治めている貴族となれば、どれだけの権力と財産を持っているのかは想像に容易《たやす》い。張り合おうという気すら起きない、正真正銘の権力者だ。

くだらない考えを巡らせているうちに、目的地のすぐ目の前までやってきていた。アルノルトとの間に会話は一切なかったが、彼との沈黙は最早気にならない。

目前の大きな両開きの扉を開ける。すると扉の先は縦に長いダイニングルームが広がっており、既に先客が二人椅子に腰掛けていた。傍らには幾人か使用人が控えている。

椅子に腰掛けている人影の一つは、エミリアーナさん。そしてその隣には、白銀の髪を持った男性。

「おはようございます、アレクさん」

「おはよう。アルノルトさん、ラウラさん。今日からよろしく頼む」

薄く淡い水色の瞳が細められた。

彼こそがこの屋敷の主人であり、若き領主でもあるアレク・プラトノヴェナだ。氷や冷たさを連想させるような色合いと、恐ろしいほど整っている顔立ちというその容姿から、一見すると冷たい人物のように見えてしまうが、その顔に浮かんだ笑みは穏やかで。

年齢は三十にも満たないだろう。領主としてはとても若い。彼について作中で知れる機会はあまりなかったが、確か前領主である父が早いうちに亡くなってしまい、異例の早期就任となった、と街のＮＰＣから聞いた覚えがある。

「アルノルト様、ラウラ様、こちらへどうぞっ」

元気よく私たちを席まで案内してくれるエミリアーナさんを見つめるアレクさんの瞳は、優しく包容力にあふれている。彼女のことを愛しているのだろう、とその視線一つで分かるようだった。

この二人の間に漂う、あからさまではないが確かな愛が印象に残っていたのだ。

(数年後、ううん、きっともうすぐ。あなた方は素敵な夫婦になりますよ)

近い未来に想いを馳《は》せながら、豪勢な朝食を頂くことにした――のだが。

席に着くなり、アルノルトは何かに急《せ》かされるようにして朝食を腹の中へと収めていった。軽い談笑でも、なんて言っていられない雰囲気だ。実際、対面するようにして座っているアレクさんやエミリアーナさんも、面食らったようにアルノルトの食べっぷりを見つめている。

ちらり。四つの瞳がアルノルトから私に移った。

思えばアルノルトと食事を共にするのは初めてで、普段からこうも早食いなのかどうかは判断できかねるが、私にできることは一つ。笑顔で誤魔化すことだけだ。

「置いていくぞ」

合間を縫ってアルノルトが投げかけてきた言葉に、私も慌てて目の前のパンに噛《かじ》り付いた。おいしい。湯気が立つ温かなスープにも口をつける。熱い。けれど、体が温まる。そしてスープももちろんおいしい。

もっと味わって食べたかった――密《ひそ》かに心の内で涙しつつも、あっという間に食べ終わり席を立ったアルノルトを慌てて追いかけようと、最後の一口、大きくパンを頬張った。

「い、いってきまふ！」

まだ咀嚼《そしやく》しきれていない状態で挨拶するのには躊躇《ためら》いがあったが、無言で出ていく訳にもいかない。もぐもぐと動く口を手のひらで隠しつつ、仲良く呆気に取られているプラトノヴェナ夫妻——未来の、だが——に頭を下げた。

「アルノルトさん、ちょっと、待って、ください！」

息も絶え絶えに背中に訴えかければ、僅《わず》かにだが歩幅が緩まる。しかし依然その足は止まらず、屋敷の長い廊下を抜け、なんとか追いついた頃にはすっかりプラトノヴェナの街に出てしまっていた。

「あの、プラトノヴェナ支部って——」

「ここだ」

数歩前を行く背中に急ブレーキがかかる。私も慌てて足を止めた。

目の前にあったのは、雪に埋もれそうな真っ白な建物。お屋敷からそう離れていない場所にあるプラトノヴェナ支部は、〝私〟の記憶の中の民家を潰《つぶ》すような形で建っていた。

思っていたよりもずっと大きく立派な建物を見上げる。

応援として呼ばれてきたものの、こうも立派な支部であるなら、それなりの人手はいそうなものだが——

「行くぞ」

ぼうっと目の前の建物を見上げる私に呆《あき》れを含んだ声がかかる。慌てて駆け寄り、これまた立派な扉をくぐると、ヴィルマさんが笑顔で出迎えてくれた。

「ああ、アルノルトにラウラくん！　朝早くからすまないね」

そう笑うヴィルマさんの後ろに控えていたのは、男性――王属調合師に支給されるデザインの白衣を着ているから、彼も王属調合師だろう――一人だけ。他の調合師は奥の部屋に籠《こも》って朝から調合を行っているのかと思いきや、

「プラトノヴェナ支部はできたばかりで、まだ私と彼しか調合師がいないんだ。見てくれだけは立派なんだけれどね」

ヴィルマさんは笑顔に色濃い疲労を滲《にじ》ませて苦笑した。

私は思わず隣のアルノルトを見上げる。しかし彼は眉《まゆ》一つ動かさず、正面を見つめていた。

今の話を聞いて驚いていないのか。それとも元々話を聞いていたのか。

広い地方、広い街に調合師が二人だけ。そんな環境では回復薬の調合が間に合わないのも頷ける。むしろ、今の今まで二人でこなせてきたことが奇跡だ。

「調合台は有り余っているから、好きな場所を使ってくれて構わないよ」

ヴィルマさんの言葉に頷いて、時間が惜しいと早速調合に取り掛かった。

手にした薬草は王都のものより乾燥しており、更には葉先の傷みも多く見られた。一年中雪が降るこの地方では、薬草も思うように育たないのだろう。どこか別の地域から運ばれてきたにしても、摘み取ってから時間が経過すればするほど薬草は傷んでいく。

調合師二人に、薬草が満足に育たない地。

分かっていたつもりではあったが、自分は恵まれた環境で好きなようにやれているのだと改めて実感した。才能を認めてくれる上司、先輩方に恵まれ、優しい同期に恵まれ——しかしこの状況が永遠に続くはずもない。

どこに行っても、どんな環境下におかれたとしても、ヴィルマさんたちのように気丈に、逞《たくま》しく職務を全うしなければ。

作って、作って、作って。少し休んで、室内薬草園——プラトノヴェナ支部がやけに立派なのは、室内に薬草園が作られているからだった——に摘みに行って、また作って。ご飯を食べて、作業を再開して。

少ない薬草を無駄にしないように確実に、丁寧に作業を進めていった。そのせいか、そこまで高度な技術を必要とはしなかったものの、着実に疲れは溜《た》まっていっていた。

「——お前はもう帰れ」

アルノルトにそう声をかけられて、私はパッと顔を上げる。壁にかけられた時計を見やれば、もう王都での研修の終業時間はとうに過ぎていた。

いつの間に。

時間の経過を自覚した途端、どっと疲れが出たのか肩が重くなった。正直休みたい気持ちがじわじわと湧いてきたが、アルノルトはもちろん、ヴィルマさんたちもまだまだ帰宅する様子はない。

そんな中で一人だけ、一番の下っ端が帰るというのは躊躇われた。

「え、でも……」

「帰って休んでろ」

有無を言わさない口調と表情だった。残るとでも言えば怒られそうだ。

私はそそくさと帰り支度を始める。とは言ってもほぼほぼ手ぶらだ。すぐに支度は終わってしまい、おずおずと調合台の前を離れた。

「お先に失礼します」

調合室を出る前にそう声をかける。するとまだ調合を続けている先輩方はそれぞれ頷いて、笑顔で――アルノルト除く――見送ってくれた。

真っ白な建物を出ると、びゅう、と冷たい風が頬を叩《たた》きつけてくる。思わず肩をすくめながら進行方向を見やれば、そこには――なんとエミリアーナさんが立っていた。両腕に大きなバッグを下げており、随分と大荷物だ。

「ラウラ様っ」

「どっ、どうしたんですか」

「お迎えに参りました」

えっ、とこぼれた私の声に、彼女は照れたように笑う。

「なんて、偶然通りかかっただけなんですけど……えへへ」

その笑顔は年上の女性とは思えないほどとても愛らしかった。

どうやらエミリアーナさんも用事があって外出していたらしい。両腕の大荷物はその予定に関するものだろう。もしかすると、今晩の食事の準備――とまで考えて、それは使用人がやる仕事だと思い直した。私と彼女の生活のスケールは全く違うのだ。

ふと、エミリアーナさんが私の背後を覗《のぞ》き見るように背伸びして、それから首を傾《かし》げる。

「アルノルト様はご一緒ではないんですか？」

「もう少し仕事するそうです。私は先に帰れと」

ははは、と苦笑すれば、エミリアーナさんは「無理はなさらないでくださいね」と眉根《まゆね》を寄せた。

それきり会話が途切れる。しかしそれは私にとっては好都合で、ここぞとばかりに先程から気になっていた話題を切り出した。

「随分な荷物ですね。持ちますよ」

「い、いえ！　お客様にそんなこと……！」

「気にしないでください、ほぼ手ぶらですから」

ほら、と両手を振ってみせる。それでも目の前の彼女は躊躇いを見せたが、やはり重かったのだろう。申し訳なさそうな表情はそのまま、右の腕にかけていた大きな荷物を「よろしくお願いします」と預けてきた。

渡された際に、見るつもりはなかったのだが荷物の中身が見えてしまった。そこには沢山の本が綺麗《きれい》に入っていて、なるほど重い訳だと腕にかかる重みに納得した。

「本、読まれるんですか？」

「あ、いえ、アルノルト様から頼まれたもので……」

エミリアーナさんの答えに私は目を丸くする。

それと同時に思い出す。彼がこの街を訪れた、もう一つの理由を。もしかすると彼の確かめたいことはこれらの本に関係しているのかもしれない。

それにしても。

「忙しいとはいえ、女性にこんな重いものを頼むなんて」

日中は仕事で忙しく、図書館に行けないとしても。一気にこれだけの本を頼めばどれだけの重さになるか、想像できない訳でもあるまいに。

私がこぼした言葉に、エミリアーナさんは苦笑した。客人からもう一人の客人の悪口を言われても反応に困るだけだろう。

もう少し考えて発言するべきだった、と後悔しつつ、気まずさと手持《ても》ち無沙汰《ぶさた》感を紛らわすために、半ば無意識のうちに手元の荷物を眺めてしまった。そのとき、一冊の本の背表紙に書いてあった文字が視界に飛び込んできた。

「プラトノヴェナ地方に伝わる伝承……？」

伝承。その単語に私は足を止める。そして慌てて他の本の背表紙も確認した。

それらはほとんどがこの地方に関する文献だった。歴史であったり、地形であったり、この地方の学者が残した研究資料であったり。その中に伝説、伝承という単語がいくつか確認できた。あと一つ、分厚い魔物に関する文献。

——私の脳裏に、一つの可能性が浮かんだ。

足を止めた私を不審に思ったのか、エミリアーナさんが様子を窺《うかが》ってくる。横顔に視線を感じつつも、目線は本の背表紙から動かさずに言った。

「エミリアーナさん、これ、私からアルノルトさんに渡しておきます」

＊＊＊

その日の夜、すっかり日が沈みきった頃、ようやくアルノルトは屋敷に帰ってきた。

夕飯もそこそこに自室へと戻ったアルノルトを訪ねれば、彼は疲れた表情で扉を開けてくれた。

「お疲れ様です。これ、アルノルトさんがエミリアーナさんに頼まれていた本です」

頼んでいたエミリアーナさんからではなく、私から渡されたことに驚いたのだろう。僅かに目を丸くしてアルノルトはそれを受け取った。

受け取った荷物の中身をアルノルトは覗き込む。袋の中に並べて入れられている文献のラインナップに満足したのか、軽く頷《うなず》いた。

彼の黒の瞳《ひとみ》が私を映す。恐らくは荷物を預かっていたことに対する礼を言われるのだろうと思い、それより先に口を開いた。

「エルヴィーラちゃんの件、ですか」

私の問いかけにその動きが止まる。しかし構わず言葉を続けた。

「お師匠に言われました。現時点では、伝説や伝承に頼らなければ自壊病を治す手立てはないと」

観念したようにアルノルトは一つ息をつくと、荷物の中から一冊の本を取り出した。そしてあるページを私に向かって開く。

そこに描かれていたのは獣型の魔物。巨大な角、鋭い爪に赤の目。筋肉が発達しすぎたのか不自然なほど体のラインが凸凹している。体を覆う毛はおどろおどろしい深い紫で、一目見るだけでその異様さを感じ取った。

メタ的な表現をするならば、ダンジョンのボスのような風貌《ふうぼう》をしている。

「この地に生息するこの魔物の角を煎《せん》じて飲めば、どんな難病でも治るらしい」

そう説明しながら、アルノルトは難しい顔をして腕を組んだ。

なるほどそれがアルノルトがこの街に来て確かめたいことだったのかと納得するのと同時に、その魔物の挿絵を〝私〟は疑惑の眼差しで見つめていた。

——こんな魔物、〝私〟は知らない。「ラストブレイブ」に登場した覚えがない。

「この魔物は滅多に人前に姿を現さないらしいが、過去に複数の目撃証言がある。確かにこの地に生息している。……もっとも、この魔物の角にそんな効力があるかは事実か分からないがな」

〝私〟の記憶はともかく、この魔物の存在はそれなりに確証があるらしい。

しかし、仮に存在していたとして、見るからに強そうな魔物だ。この魔物の角を手に入れるとは即ち討伐しなければならないだろう。いくらアルノルトが天才的な魔術の才能を持っていたとしても、一人ではとても戦えないのではないか。

脳裏に先ほどの魔物を思い浮かべ、視線を伏せて考える。目の前のアルノルトの存在をすっかり忘れて、一人思考の海に沈んだ。

——そのせいで、次の瞬間鼓膜を揺らした言葉にすぐ反応できなかった。

「滑稽《こっけい》だろ」

「……えっ？」

「こんな不確かなものに縋《すが》る俺は」

ふっ、とアルノルトの口元に笑みが浮かぶ。その笑みは自身を嘲笑《あざわら》うようなものだった。

私は弱音にも似た言葉をこぼしたアルノルトに驚きつつも、慌てて首を振った。その反応は、気を遣う先輩を前にして半ば反射的に出たものだったが、いや、だからこそ、本心が飛び出た。

彼は難病を患う妹のために、自分の将来、果ては人生を捧《ささ》げようとしている。

「そんな！　とても……とても素晴らしいお兄さんだと思います……本当に」

滑稽だと自分を笑ったアルノルトの顔には、影が差していて。その瞳は不安がる小さな子どものように揺れていた。

滑稽なんかじゃない。とんでもない。あなたはエルヴィーラにとって、きっと最良の兄だ。

ぐるぐると渦巻く言葉をうまく紡ぐことができず、ただただ首を大きく振るばかりだった。

そんな私に、アルノルトは再びふっと笑う。——正確には、笑うというよりほっと息をついたようだった。

普段より何倍も弱々しいアルノルトの反応に肩から力が抜ける。いつの間にか体が強張っていたらしい。それによっていくらか余裕を取り戻し、再び口を開いた。口調も落ち着きを取り戻していた。

「私、剣も魔術もさっぱりですけど……何か手伝えることがあったら言ってください。……私の才能を頼りにしてくれてるんでしょう？」

沈んだ空気を少しでも浮上させるべく、僅《わず》かに冗談めかした口調で言う。するとアルノルトは目を丸くして私を見、それから組んでいた腕を解いた。

解かれた腕が、宙を彷徨《さまよ》う。そしてその手のひらは何かを掴《つか》むように、空中で数度軽く握り込まれて――躊躇《ためら》いがちに、私の肩に置かれた。

「ゆっくり休め」

はい。

小さく笑みを浮かべて頷く。

きっとアルノルトはあれらの文献を夜遅くまで読み込むのだろう。

私も明日、仕事終わりに図書館に行こう。また〝私〟の記憶に引っかかる何かが見つかるかもしれない。

そう心に決めた。

＊＊＊

――翌日。

「今日、仕事帰りに図書館に寄ろうと思うので、ちょっと遅くなるかもしれません」

思い立ったらすぐ行動とばかりに、私はエミリアーナさんたちに朝食の場でそう告げた。隣に腰掛けているアルノルトは僅かに眉《まゆ》をあげただけで、何も言わない。

「ご案内しましょうか?」

「いえ、大丈夫です。地図をお借りしていくので」

エミリアーナさんのありがたい提案に首を振る。

地図を借りずとも図書館の場所は覚えているし、調べ物にどれだけ時間がかかるかも分からない。それに今回の調べ物は完全に私事であり、プラトノヴェナとはまったく関係ない。手間をかけるのは躊躇われた。

「でも……」

「調べ物ならば、エミリアーナに任せるといい。彼女はこの街の図書館の本をほとんど読んでいるから、きっと役に立つはずだ」

どこからともなく声が飛んできた。慌てて声のした方へ目線を向けると、そこには包容力を感じさせる温かな笑みを浮かべたアレクさんが立っていた。

「エミリアーナは私が一冊読み終わる前に、二冊読み終えてしまう。それに記憶力も素晴らしく、一度読んだ本の内容は大抵覚えている。エミリアーナの頭の中にはたくさんの知識と、彼女の好きなお伽話《とぎばなし》が詰まっていて、私にもよく聞かせてくれるんだ。退屈しない」

嫁——正確には婚約者——自慢に花が咲く。この二人は作中でも仲睦《なかむつ》まじい様子が窺い知れたが、こんなにもあからさまだった覚えはない。こう見えて、婚約に浮かれているのだろうか。

独り身の寂しい私はそんなことを思いつつ、話の内容には素直に感心した。それと同時に昨日、アルノルトが彼女に調べ物を頼んだ本当の理由を知る。確かに図書館が開いている時間帯は手が空いていないから、という理由も含まれているだろうが、ほとんどの本を読んでいる彼女ならば、素早く正確に情報の抜き出しを行えるだろう。

エミリアーナさんの様子を盗み見れば、嬉《うれ》しそうに口元を緩ませている。

「お役に立ちますっ」

この街の図書館の本をほとんど読んでいると聞いて、正直そのお力を借りたいと思ってしまった。王城の図書館であればどこにどのような本があるのか大方把握しているが、プラトノヴェナの図書館はそうもいかない。彼女がついてきてくれれば調べ物も捗《はかど》るだろう。

誇らしげに気持ち胸を張って、頬を紅潮させるエミリアーナさんに尋ねた。

「でも、ご迷惑じゃありません？」

「そんなことないですっ、大歓迎ですっ」

彼女はにぱっと溌剌《はつらつ》な笑みで答える。いつの間に移動していたのやら、その後ろでアレクさんもなぜか得意げに笑みを深めていた。

ここは大人しくその言葉に甘えようと私は頭を下げる。その際、視界の隅にちらりと見えたアルノルトはこちらの様子なぞ気にせず、平常運転の無表情、そして無反応だった。

「それじゃあ、よろしくお願いします」

――それから。昨日と変わらずアルノルトはものの数分で朝食を平らげ、私もなんとか彼の背中についていき、昨日と同じようにプラトノヴェナ支部で調合を開始した。集中していると時間が過ぎるのが早い、とはよく使われる言い回しだが、休む間も惜しんで調合していたら――あっという間に夕方になっていた。

今日も下っ端ながら一番に上がらせてもらい、プラトノヴェナ支部の前でエミリアーナさんと待ち合わせた。そして図書館へと向かう道すがら、「どんなご本をお探しなんですか？」と問いかけられたため、軽く苦笑して口を開く。

「この地方に伝わる伝承を調べたくて」

予想通りと言うべきか、私の答えにエミリアーナさんはぽかん、と可愛《かわい》らしい口を薄く開いた。しかしすぐに昨日アルノルトに頼まれた本の内容を思い出したのだろう、あぁ、と何かを心得たように頷く。

「伝承の中でも、例えば、飲めばたちまち病気が治る湧き水とか……そういう並外れた回復効力が見込めるものがないか各地で調べてるんです」

例として適当に口にした言葉に、エミリアーナさんは束の間考え込むように眉根《まゆね》を寄せて――その後、なぜかぱあっと表情を明るくさせた。そして、

「あの、プラトノヴェナ地方ではなく、わたしの故郷に伝わる伝承なんですが、精霊の飲み水というものがあって――」

「それって、フラリアの街ですか⁉」

思いもよらぬ伝承とのつながりに、思わず大きな声を上げてしまう。すると当然と言うべきか、目の前の彼女は驚きにきゅっと体を縮こまらせた。

自分より年上——肉体年齢では——でありながら、まるで小動物のようなエミリアーナさんの反応にあ、可愛い、なんて呑気《のんき》に思う。しかしすぐに我に返り、声のボリュームを落として改めて尋ねた。

「す、すみません。その伝承、聞いたことがあって……。エミリアーナさんのご出身って、フラリアの街なんですか？」

「はい、そうなんです」

「その伝承って、どれだけの信ぴょう性がありますか？　以前から気になっていて……」

呼吸も忘れて投げかけた問いに、エミリアーナさんはううん、と首をひねる。

「ごめんなさい、確かな情報かは分かりません。でも、知り合いのおじいさんから『自分は幼い頃重い病を患っていたが、その湧き水のおかげで完治した上に、こうして長生きできてるんだ』っていつも聞かされてました」

——なんてことだ。都合が良すぎる。いや、これも全て仕組まれた道、メタ的な表現をすれば、イベントのフラグなのかもしれない。

アルノルトがこの街を訪れ、エミリアーナさんと出会い、精霊の飲み水の情報を手に入れる。そして精霊の飲み水によって、エルヴィーラは病から救われる。そのように物語の道筋がたてられていると考えられなくもない。だって、あまりに都合が良すぎる。

ここまできたら、このご都合主義展開にもう一つ乗っかれないだろうか、と私は恐る恐る口を開いた。

「……そのおじいさんを紹介していただくことってできますか？」

私のお願いに、目の前の彼女は間を置かずに大きく頷いた。

「ええ、もちろん！」

――もしかすると、フラグをたてることに成功したかもしれない。それも、とても重大なイベントの。

私は興奮からか、すっかり寒さを忘れていた。それどころか頬なんて熱いくらいだ。

思わずエミリアーナさんの手を取る。そして驚きに目を丸くする彼女に、「ありがとうございます！」と大きく頭を下げた。

エルヴィーラの病を治せると決まった訳ではない。むしろようやくスタート地点に立てたようなものだ。

しかし――確かな道が拓けた。

アルノルトが言っていた魔獣の件も引き続き調べなくてはならない。これからきっと忙しくなる、と私は頰を叩《たた》いて気合を入れた。

――その後、予定通り図書館に行き、エミリアーナさんの案内を聞きながらいくらか文献を漁《あさ》った。結果としては残念なことに、魔獣の角について特に目新しい情報は得られずじまいで。

しかしながら夜、帰宅したアルノルトを今までにない笑顔で出迎えた。なんせ私は今、とっておきの情報を持っている！

「アルノルトさん！　ちょっといい情報が手に入りました！」

僅かにアルノルトの目が丸くなった。

きっと今の私は頰が紅潮しているし、興奮から目も見開き気味かもしれない。明らかにいつもと様子の違う私に、彼は驚いているようだ。

「エミリアーナさんの故郷に、難病を治すと伝えられている湧き水があるそうです。それも、その水を飲んで実際に患っていた病が完治したご老人もいるとか」

私の報告にアルノルトの表情が変わった。

早口で言葉を続ける。

「場所はフラリアの街。王都シュヴァリアからそう遠くありませんから、帰ったら早速行ってみます」

数秒の沈黙。

じわりじわりと私の情報を呑《の》み込んだのか、僅かに見開かれていた黒の瞳《ひとみ》に、徐々に強い光が差しこむ。その瞳は、遠くに灯る小さな希望を睨《にら》みつけるようにして、前を見据えていた。

03：魔物襲来、再び

　翌朝。私が起床した時にはもう、アルノルトは屋敷を出ていた。

　もしや早朝出勤か、と慌てて支度を済ませた私を食卓で出迎えてくれたのは、エミリアーナさんともう一人。アレクさん——ではなく、ヴィルマさんだった。

　彼女は私の顔を見るなり笑顔で「アルノルトはアレクさんに連れられて朝早くに出たよ」と説明してくれた。

　アレクさんに連れられて出た。それらの言葉からして、おそらく。

「魔物討伐、ですか？」

「いいや、巡回さ」

　そんな話、聞いていない。アルノルトからはもちろん、アレクさんも昨晩の夕食の場等で、それらしい発言は全くしなかった。

　もしかすると突然のことだったのかもしれない、と思い至る。昨晩、もしくは早朝に魔物の群れが街の近くに現れ、巡回に出たのか。

　戸惑いを抱きながらエミリアーナさんに目線を向けると、彼女は血の気の引いた青い顔をしながら、申し訳なさそうに微笑《ほほえ》んだ。その表情を見て、きっとアレクさんの身を案じているのだろうと悟る。

大丈夫ですよ、とは言えなかった。だからただ、微笑を浮かべて頷《うなず》きあった。

この街、プラトノヴェナの付近には、魔物の群れが度々出現している。巡回とはいえ、魔物と遭遇する可能性は大いにあるだろう。メタ的な表現になってしまうが、プラトノヴェナ地方はゲーム終盤に訪れる地方だ。それだけに、当然魔物も強いはず。遭遇すれば、怪我《けが》の一つや二つ、いいや、最悪の場合――

ふと、脳裏にヴェイクの顔が浮かんだ。

右目をなくした彼。私がどうにかこうにかうまく立ち回れば、その未来は変えられたかもしれない。その後悔は、思い出す度に大きくなる。

「――ラウラ君はアルノルトとどういう関係なんだい？」

思考の合間に突然投げかけられた質問に、私は数度瞬《まばた》きを繰り返した。

ヴィルマさんはすっかり固まってしまった私を見て、笑みを深めつつ再び口を開く。

「いや、なに。アルノルトは随分とキミのことを買っているように思えてね」

ヴィルマさんは大層愉快そうに目を細めていた。

向けられる好奇の目には覚えがあった。脳裏に浮かんだのは、もじゃもじゃ頭の上司。

私はこぼれそうになったため息を呑み込んで、ついでにスープも一口飲み込んでから、ゆっくりと口を開いた。

「どういう関係と言われても……。ただの先輩です。王属調合師になる前、何度かお会いしたことはありますけど、それ以外は何も」

カスペルさんもヴィルマさんも、なぜこのようなことを聞いてくるのだろうとつくづく疑問に思う。

確かにエルヴィーラの件で同じ目標を掲げることになったが、だからといって彼と仲良くなったとはこれっぽっちも思っていない。あくまで先輩と後輩、むしろそれ以上の距離が私たちの間には常にある。

端から見て、特別仲良く見えるという訳でもないだろう。会話は最小限で行動も必要に駆られなければ共にしない。考えれば考えるほど、疑問でしかない。

「ヴィルマさんはアルノルトさんと昔からお知り合いだったんですか？」

自分からどうにかこうにか話題を逸らそうと、ヴィルマさんに問いかける。プラトノヴェナに初めて訪れた際、彼女とアルノルトは以前からの顔見知りのような会話を交わしていたのだ。

私の疑問に、ヴィルマさんはああ、と頷いた。

「私はアルノルトとリナの教育係だったんだよ」

思わぬ返答に、私は思わず手に持っていたパンを皿に置いた。そして僅かに身を乗り出して次の言葉を待つ。

「それはそれは生意気なガキだったよ。先輩のアドバイスなんて聞きやしない、ニコリともしない！　……あぁ、それは今もだったな」

ヴィルマさんはにやっと口元をあげてみせる。私も思わず笑ってしまった。

見習い時代のアルノルト——十四歳の頃のアルノルト——は、私も少しだけ知っている。なにせ、王属調合師見習いの試験に同行したのだから。

当時も随分と可愛げがなくなってしまったと思ったが、どうやらそれは先輩の前でも同様だったらしい。ある意味、期待を裏切らない男だ。

ぶすっとした、今よりいくらか幼いアルノルトの顔を思い出す。

「でも人一倍努力していたんだ。周りはアルノルトを天才と言うし、確かにそれはそうだと思うけれど、彼は相当の努力をしていた。それはきっと、今も」

とても優しい声音だった。声も口調も違うのに、どこかメルツェーデスさんを思い出させるような、慈愛に満ちた声だ。

ヴィルマさんは真っ直ぐな瞳で私を見ていた。からかい、ごまかすことをよしとしないその瞳に居心地が悪くなって、思わずふいと目線を逸らす。

「……なぜ私にそんな話を？」

「なに、天才くんと天才ちゃんにしか分かり得ない話もあるんじゃないかと思ってね」

天才くんと天才ちゃん。

ヴィルマさんの口から出てきた単語のチョイスに、ある人の影を感じた。

「カスペルさんに何か吹き込まれました？」

「正解だよ」

はぐらかすことなく頷いたヴィルマさんに、私はがっくりと肩を落とす。ヴィルマさんとカスペルさんにどのような繋《つな》がりがあるのかは知らないが、どうやら余計なことを吹き込んでくれたらしい。

「さて、そろそろ行こうか」

げっそりとした表情の私に申し訳なさそうに微笑みながら、ヴィルマさんは席を立った。私もそれに続く。するとすかさずエミリアーナさんも「玄関までお見送りします」と立ち上がった。

広い廊下を歩き、大きな玄関を過ぎ、門の前で大きく手を振るエミリアーナさんに手を振り返す。なんてことない雑談を交わしながら歩き出し、見てくれだけは立派な支部がもう少しで見えてくる、といったところまで来た、そのとき。

――女性の悲鳴が、鼓膜を劈《つんざ》いた。

「悲鳴……!?」

声のした方を振り返る。恐らくは街の入口近くか。

突然の悲鳴の理由を、頭が勝手にフル回転して探し出そうとする。いや、そんな必要はなかった。答えはほぼほぼ、一つしかない。

――魔物の襲撃。

ヴィルマさんに腕を摑《つか》まれた。恐怖で足が地面に縫い付けられてしまったように動けなかった私を、引き戻すような力強さだった。

「魔物だ！」

すぐ近くで男性の声がした。

――魔物だ。

その言葉は私の頭をぐわんぐわんと掻《か》き回す。とにかく身の安全を確保するべきだ、と、辺りを見回した。

昨日はあれほど目に付いた兵士たちがやけに疎《まば》らだ。かと思うと兵士が一人、ある方向へ向かって走り抜けていった。恐らくはその方向に魔物がいるのだろう。その方向とは、自分たちが向かおうとしていたまさにその先。支部がある方面だ。

だとしたら、とにかく反対方向に逃げるべきか。

そうこうしているうちにも悲鳴はどんどん近づいてきている。それだけじゃない――魔物の咆哮《ほうこう》も近づいてきていた。

「に、逃げた方が……！」

私はヴィルマさんの腕を、今度は自分から掴んだ。そして駆け出そうとした――したのだが、ヴィルマさんはぐっとその場で足を踏ん張り、私の手を振り払った。

慌てて振り返る。ヴィルマさんは使命感に駆られた、凛《りん》とした表情をしていた。

「怪我人がいる！　回復薬が必要だ！」

なるほどその判断は、王属調合師としては誇り高く、今この場に一番適していると言えた。しかし、一人の女性としてはあまりにも危険すぎる。今から彼女が向かおうとしている場所には、おそらく魔物がいるのだ。

離れていく背中を追いかけようと、私は無謀にも駆け出してしまった。ヴィルマさんを安全な場所へ、という気持ちが私から冷静な判断を奪ったのか。そう小さくない背中に、追いかければすぐに連れ戻せると、まるで〝そうしなければならない〟というように私の足は自然と動いてしまった。

何より、嫌な予感がした。彼女の背中に、あの日見なかったはずのヴェイクの影が、なぜか重なった。

なんて馬鹿な真似《まね》をしてしまったのだろう。二人で屋敷に戻るのが最良だった。あのときヴィルマさんの手を摑み直すべきだった。

――それに気がついたのは、これまた愚かなことに、背後から獣の咆哮が聞こえたときだった。

いつの間に背後に回られていたのか。中型ながらも鋭い牙《きば》を持った獣型の魔物がこちらを睨みつけていた。

「――逃げるんだ！」

二人の兵士たちが魔物に向かっていった。しかし呆気《あっけ》なく薙《な》ぎ払われてしまう。ぐぅ、と傷を庇《かば》うように丸まった様子を見て、死んではいないと安堵《あんど》した。

それも束の間、つり上がった獣の目が、私を獲物として捉《とら》えているのに気がつく。ぞわっと背筋が凍って、逃げなければならないというのに足が竦《すく》んで動けなかった。

――あ、これ、死ぬ。

その感覚に、私の脳は呑気《のんき》にも六年前を思い出していた。ルカーシュが勇者の力に目覚め、そして同時に〝私〟が目覚めた、あの日を。

そう、あれはまだ私が八歳だった頃。もう六年経つのか。あれから王属調合師を目指して、負け

ヒロインにならないように、村を出ようと必死だった。

両親の笑顔が、ルカーシュの笑顔が、お師匠の笑顔が、エメの村の人々の笑顔が、脳裏に蘇《よみがえ》る。過ごした日々がやけに鮮明に思い出せて、あぁ、これが走馬灯というやつか、なんて馬鹿みたいなことを思った。

この世界のラウラ・アンペールは、ここで呆気なく魔物に食い殺される運命《せってい》なのか。勇者様に惚《ほ》れない勇者様の幼馴染《おさななじみ》は、この世界に――「ラストブレイブ」に不要ということか。

せめてエルヴィーラの件を解決してから、いいやもっと我儘《わがまま》を言えば、ルカーシュがこの世界を救うところを見たかった。

はは、と口元に乾いた笑みが浮かんだ。

目の前の魔物はやけにスローモーションで近づいてきて、それは永遠にすら感じられる一瞬だった。

あの日のルカーシュの叫び声が鼓膜に蘇る。きっと彼を悲しませてしまうだろう。あぁどうか、幼馴染の死という出来事が、優しい勇者様の心に傷を残しませんように――

目を伏せた。魔物の牙が自分の体を貫くのを想像して、ぎゅっと身を縮こまらせた。

「アンペール――!」

鼓膜を劈く、その声。

鼻先でボッと何かが燃えたような、ひどい熱を感じた。ともすれば、顔面が火傷《やけど》してしまいそうな熱さだった。

どさり、と何か塊が地面に落ちた音がする。その音と、いつまで経っても訪れない痛みを不審に思い瞼《まぶた》を開ければ、私に牙をむいていた魔物が目の前で黒焦げになっていた。

――一体何が起こったのか。

喜びよりも疑問が先に湧く。

唖然《あぜん》と焦げた肉の塊を見下ろしていると、ふっと人の気配を感じた。力なく顔を上げれば、

「……無事か」

右腕を庇いながら、息を切らしてこちらを見つめるアルノルトの姿が、そこにはあった。

「アルノルト、さん……」

こちらを見つめて来る黒い瞳《ひとみ》。その瞳には、安堵の色が滲《にじ》んでいるように見えた。

近寄ってくる足取りは、思いの外重くはない。足に怪我はしていないようだ。しかし、手のひらで押さえている右腕から血が滲んでいて、白衣の袖《そで》を赤く染めていた。

――まさか、私を庇って怪我をしたのではないか。

座り込んでいる私の傍らまでアルノルトは歩み寄ってきた。その顔を見上げて、茫然《ぼうぜん》とつぶやく。

「そ、その怪我……私を庇ったときに……？」

「違う、気にするな。回復薬を取りに行くぞ」

その言葉に私はハッと我に返り、大きく頷《うなず》いた。

そうだ、すぐ近くにも、私を守ろうと傷を負ってしまった二人の兵士がいる。彼らに一刻も早く回復薬を届けなくては。それに彼らだけではない。現状をしっかりと把握できていないが、きっと街のあちこちで魔物との戦いが繰り広げられているはずだ。

幸いにも、支部は目の前だ。気持ち駆け足で真っ白な建物へと足を踏み入れると、作り置きしていた回復薬を持ち出そうと準備する。

その際、アルノルトが回復薬を詰め込んだ箱の中から徐《おもむろ》に一本抜き取ると、それを一気に飲み干した。彼も怪我人《けがにん》だ。

「だ、大丈夫ですか？」

「あぁ」

ぐいっと口元を拭《ぬぐ》うアルノルト。一瞬目の前の体がぐっと強張って、それからすぐに大きなため息と共に弛緩《しかん》した。

傷口を見やる。もう血は流れていなかった。

「屋敷まで送る。恐らくは怪我人が運び込まれているだろうから、治療は任せる」

「はい。……あの、助けてくださってありがとうございました」

アルノルトに向かって頭を下げる。しかし彼は右手を軽く上げて応えただけで、それ以上の反応は何もなかった。

ほっと安堵したのも束の間、脳裏に浮かんだのはヴィルマさんの姿だ。私ではどうにもできない以上、アルノルトに報告しておいた方がいいだろう。

「その……実は、ヴィルマさんとはぐれてしまって」

「そうか、分かった」

アルノルトは私の焦った口調に引きずられる様子もなく、小さく頷いた。

ヴィルマさんは無事だろうか。些《いささ》か不安だが、私が下手《へた》に街を捜し歩いては余計な迷惑をかけるだけだろう。情けないが、アルノルトに一任するのが最善だ。

(こんなとき、私にも魔物に抵抗できる手段があったらいいのに)

私には魔物と戦える才能は与えられていない。せめて足を引っ張らずにいられれば良いのだが
――と、不意に「ラストブレイブ」のアイテム【毒薬】の存在を思い出した。

回復薬と同じように採取した材料を素《もと》に生成できるアイテムで、使用すれば魔物にダメージを与えられるのだ。魔術を使えない私でも、毒薬なら――とまで考えて、今はそんなことに頭を使っている場合ではないとかぶりを振って思考を追い払った。

(とにかく今は、一刻も早い治療を!)

回復薬を詰め込んだ箱を抱えられるだけ二人で持ち出し、支部を出る。――すると、タイミングよくアレクさんが目の前を通りかかった。

彼はすぐさまこちらに気が付き、足を止める。

「アルノルトさん！　それにラウラさんも。ご無事でしたか！」

泥といくつかの切り傷で薄汚れた端整な顔。体に目立った怪我は見られないが、左手で脇腹を庇っている。打撲か、骨折か。

アルノルトはアレクさんの無事を喜ぶような素振りも見せず、至って冷静に、いつも通りの口調で問いかけた。

「アレクさん、魔物は?」

「あらかた討伐できたようだ。……いや、正確には魔物が撤退した」

「……撤退?」

アルノルトが首を傾《かし》げた。

撤退。それ即ち、魔物が自分の意思で戦線から引いたということか。アレクさんたちがその手で魔物の息を止めたのなら、撤退ではなく倒したと言うだろう。

私もアレクさんの単語のチョイスに首を傾げつつ、どうであれ魔物は街から出て行ったのだと安堵のため息をこっそりこぼした。

「詳しくは後で話そう。アルノルトさん、申し訳ないが兵士と共に屋敷を守ってくれないだろうか。住民の多くが避難しているんだ。私は街に残った魔物がいないか、もう一度見回って来る」

そう早口でまくしたてると、アレクさんはアルノルトの返事も聞かずに走り出そうとした。その背中に思わず声をかける。

「あのっ、回復薬を……!」

ぴたりとアレクさんの足が止まる。そして彼はずんずんと大股《おおまた》で私に近づき、回復薬を受け取った。

「すまない、ありがとう」

端的な感謝の言葉。

ぐいっと一気に容器を呷《あお》ったかと思うと、アレクさんは再び駆け出した。その背中に、この地方を治める若き領主を頼もしく思う。

「屋敷に戻るぞ」

アルノルトと共に慌てて屋敷に戻ると、多くの人でごった返していた。アレクさんが言っていた通り、街の住人のほとんどがこの屋敷に避難しているのだろう。門の前には壁のように兵士が一列に立ち、警戒している様子だった。

私は回復薬を片手に怪我人の治療に奔走した。そうは言っても症状を聞いて、一番適した効力を持つ回復薬を渡すだけだ。ここ数日調合し続けた甲斐《かい》もあり、幸い回復薬のストックは十分だった。であるのに予想以上に人数が多く、しっとりと額が汗で濡《ぬ》れるのを感じていた。

特に重症そうな怪我人の許を優先的に訪れ、それが一段落した頃、

「ラウラ様！」

どこからか名前を呼ばれた。その声に、そして呼び方に、心当たりは一つしかない。

「エミリアーナさん！」

「よかった、ご無事だったんですね！」

顔を上げれば、予想通りの可愛《かわい》らしい笑顔が視界に飛び込んでくる。その目元が赤く腫《は》れていることに気がついたが、それは指摘せずに再会を喜びあった。

きっとエミリアーナさんも不安だったに違いない。ぎゅっと私の手を強く握る彼女のぬくもりに、

つきりと胸が痛んだ。

ひとしきりお互いの無事を喜んだ後、私ははたと思い出す。ヴィルマさんは無事だろうか。まだその姿を見つけられていないのだ。

「エミリアーナさん、ヴィルマさんを見ませんでしたか？　はぐれてしまって……」

「ヴィルマさんでしたらあちらの部屋に。怪我をしていましたがご無事です」

その言葉に、救われるような思いだった。

よかった。エミリアーナさんの口調と表情から察するに、そこまで大きな怪我を負っているということもなさそうだ。

エミリアーナさんに導かれるまま、ある客間の扉を開いた。すると視界に飛び込んで来る、赤。

私の姿を見るなり手を上げて笑ったその人に、慌てて駆け寄った。

「ヴィルマさん、よかった……！」

「ラウラくん、心配をかけてしまったようだね。すまない、何も考えずに駆け出してしまって」

ヴィルマさんの言葉に私は小刻みに、何度も首を横に振る。

「いえ、そんな……ご立派でした。私は何もできなくて」

恐らくヴィルマさんは回復薬を抱え、戦場となった街を走り回っていたのだろう。彼女の行動は王属調合師として立派だった。咄嗟《とっさ》に自分の身の安全を優先してしまった私とは違う。

ヴィルマさんはきっと、王属調合師がなんたるものか、そしてどういった行動を取るべきかしっかりと自覚し、誇りを持っている。

「私は自覚がまだまだ足りなかったみたいです」

私の言葉を、ヴィルマさんは「何を言っているんだ！」と声を上げて否定した。

思わぬ強い反論に、私は目を丸くして彼女を見る。

「キミはまだ十四歳だろう。その年でそう思えているなんて、素晴らしいことだよ」

慰めるように私の頭を撫《な》でてくれるヴィルマさんは、優しいお姉さんのようで。

不意に、目尻《めじり》にじわりと涙が浮かんだ。何もしていない私が泣くなんて情けない、とそれを素早く拭った。

誤魔化すように下手くそな笑みを浮かべる。するとヴィルマさんは全てを分かった上で、騙《だま》されてくれるように微笑《ほほえ》んだ。

「治療、続けてきますね」

ヴィルマさんのように街を走り回ることができなかった私がやるべきことは一つ。

言葉を残してヴィルマさんの許を離れる。そして部屋をぐるりと見回していると、一人の女の子の声が鼓膜を揺らした。

「お母さん、だいじょうぶ？」

思わず声をした方を振り返る。すると視界に飛び込んできたのは、足に血が滲んだ包帯を巻いている女性と、その傍らに座り込む少女の姿だった。

親子なのだろう。娘と思われる少女がその腕に赤ん坊を抱いていることに気が付いて、慌てて駆け寄った。

「大丈夫ですか？」

しゃがみこんで顔を覗《のぞ》き込みながら声をかければ、母親ははっと顔を上げてこちらを見た。そして白衣を身にまとっている私を見て、明らかに表情を和らげる。

「体に痺《しび》れはありますか？　もしくは吐き気は？」

なるべく一番適した回復薬を渡せるよう、母親に問いかける。彼女は全ての質問にゆるく首を振った。

毒や麻痺《まひ》といった症状は出ていないようなので、一番シンプルな回復薬を渡す。それを飲み下す母親の横で、娘が目尻に涙を溜《た》めてこちらをじっと見つめてきた。

大丈夫だよ、と言うのは容易《たやす》い。けれどその言葉はあまりに無責任だ、とぐっと喉元《のどもと》で呑《の》み込み、少女に微笑みかけるに留めた。

「……大丈夫ですか？　飲んだ後、体に異変はありませんか？」

「いいえ、痛みが引いてきました」

答えた声音には、明らかに元気が戻ってきていた。

そこでようやく息を吐き出す。回復薬を飲んですぐ、拒絶反応がなければほぼほぼ大丈夫だ。

「それはよかったです。気分が悪くなったらすぐに言ってくださいね」

彼女たちの父親はどこだろう。もしかすると兵士として今も任務に励んでいるのかもしれない
――などと考えつつも、次の患者を探そうと立ち上がる。そのときだった。

「ありがとうございます、調合師様」

母親が、私にそう声をかけてきた。

調合師〝様〟。それが自分を指す言葉だと理解するのに数秒を要した。

突然魔物に襲われ、足に大きな怪我を負った。その状態で小さな子どもを二人連れて逃げることがどんなに恐ろしいことか。私の想像を絶する恐怖をこの女性は感じたことだろう。

無事安全な場所に逃げてこられたものの、足の怪我で思うように動けない。この足で、この雪国で、子ども二人をこれからも育てていけるだろうか。そんな不安も過《よぎ》ったかもしれない。

そんなところに、回復薬を持った調合師が現れた。彼女が渡してきた回復薬を飲めば痛みはたちまち引いたのだ、さぞやほっとしたことだろう。その調合師に――私に感謝する気持ちは理解できる。けれど調合師〝様〟とは大袈裟《おおげさ》ではないだろうか。

うまく言葉が見つからず、ただ曖昧《あいまい》に微笑んだ。そして今度こそ彼女たちの許を離れようと踵《きびす》を返し――

「お姉ちゃん、ありがとう！」

続いて鼓膜を揺らした少女の声に、足を止めた。はっと少女を振り返れば、彼女が抱いている赤ん坊と目が合う。その瞳《ひとみ》の色は、母親と同じ色をしていた。

（――お母さんだけでなく、この子たちのことも間接的に救えたんだ）

私は直接、娘二人に何かした訳ではない。それなのにこの少女はこれ以上ないぐらいの笑顔で私にお礼を言ってくれた。もし万が一、私がこの少女と同じ立場だったとして——母が負った怪我をある調合師に治してもらったとして——同じことをしたはずだ。

一人を助けることができたのなら、その人を大切に思う周りの人の心も救うことができる。助けた人の後ろには、更に多くの人々がいるのだ。

——王城に籠《こも》って調合していたときには、気づけなかったことだった。

「どういたしまして」

ようやく笑顔で応えると、私は今度こそその場を離れた。

少し離れた場所で振り返る。少し目線を彷徨《さまよ》わせると、先ほどの親子が楽しげに会話を交わしている姿を見つけることができた。

数秒眺めて、手元の回復薬に目線を落とす。こうして手の中にある回復薬が、先ほどよりもずっと価値のあるもののように感じた。

(私が作っているものは、私が思っている以上にたくさんの人を救える……?)


全ては自分の未来を変えるために選んだ職業だった。けれど——


はっと我に返る。今は考え込んでいる暇はない。何よりも治療が先だ。

——その後もしばらく治療を続けた。一通り治療が終わり、ふぅ、と大きく息をつく。そして別室にそろそろ移動しようかと顔を上げると、いつの間に来ていたのやら、アルノルトが扉付近に立っていた。服を着替えたようで、血と泥と傷でボロボロだった白衣は新しいものになっている。扉に近づき、会釈で挨拶《あいさつ》をする。一瞬声をかけようかと思ったが、会話なら後でいくらでもできるだろう。そう判断し、急いでドアノブに手を伸ばして——私がドアノブを握るよりも数瞬早く扉が開いた。

突然目の前で扉が開いたことにより、前につんのめる。転ぶ訳にはいかないと地面をぐっと睨《にら》みつけつつ足に力を入れた私は、扉を開けた人物を確認するのが遅れた。

「アレクさん」

アルノルトの声に、扉を開けた人物を知る。

彼は私に「すまない」と謝ってから、後ろ手に扉を閉め、数歩部屋の中へと足を踏み入れた。しかしそれ以上入ってくることはなく、どうしたのかと疑問に思い見上げると——

「アルノルトさん、相談したいことがある」

真正面からアルノルトを見据え、声のボリュームも抑えて彼はそう口にした。

アレクさんのことを詳しく知らない私から見ても、何やらただならない様子だ。戸惑いからエミリアーナさんに目を向けると、彼女はじっと婚約者の姿を見つめていた。こちらには目もくれない。

詳細こそ分からないものの、この場に漂う重々しい空気にぐっと胸が詰まった。

不意にアルノルトが動く。言葉はなかったが、アレクさんは何かを察したのか背後の扉を開けた。そしてそのまま二人で出て行くかと思いきや、

「アンペールも来い。……構いませんね?」

扉のすぐ前で、アルノルトがこちらを振り返った。

蚊帳《かや》の外の気分でいたところを突然引っ張り込まれて、私は面食らってしまう。しかし重要そうな――その上、私には全く話が見えない――相談の場に、アレクさんが私を歓迎するはずもないだろう、と白銀の髪を持つ若き領主を見やれば。

「あぁ。王城に身を置いている方であれば今後自然と耳に入ることだろう。それに、ラウラさんには頼みたいことがある」

なんと驚くべきことに、首肯した。

「こちらの書斎へ。……エミリアーナも、共に」

私とアルノルト、そしてエミリアーナさんが招かれたのはアレクさんの書斎だった。

どこか懐かしさを感じる、紙の匂いに満ちた落ち着ける雰囲気の書斎。なんてことない日常の中で訪れたのであれば、きっと和やかで優しい時間を過ごせたはずの場所だった。しかし今、私たち四人の間に流れる空気は重々しく、息がつまるほどで。

アレクさんはぐるりと私たちの顔を見回してから口を開いた。

「まず、アルノルトさん。あなたの協力に改めて感謝する。あなたのおかげで、多くの命が救われた」

深々と頭を下げるアレクさん。真正面から感謝の言葉を向けられたアルノルトは、どこか居心地が悪そうに視線を床に落としつつ頷《うなず》いた。

アレクさんは顔を上げる。その瞳は揺れていた。

「そして、報告したいことが一つ。街内で交戦中、魔物が突然撤退した」

「先ほども仰っていましたが、撤退とは？」

「その言葉通りだ。魔物たちが何かに誘われるように一斉に空を見上げたかと思うと、我々には目もくれず去って行った。半数近くの魔物を討伐し、奴らを不利的状況に追い込んだと思った矢先のことだった」

アルノルトは眉《まゆ》をひそめ、今度こそしっかりとアレクさんと目線を合わせた。

撤退。その言葉に違和感を覚える。どうやらそれはアルノルトも同様だったらしい。

疑うような、探るような声音でアルノルトは尋ねた。

「そのような知能が、この地域の魔物に備わっていると？」

その問いに、アレクさんは言葉なく首を振る。

「完全に否定はできない。けれど今までそのような行動をとったことは見たことがない。それに、アルノルトさんも気づいているだろう？　今回の襲撃は――」

「囮《おとり》を使っていましたね」

アレクさんの言葉を、アルノルトが引き継いだ。

「――囮？」

知らず識らずのうちに、私の口からこぼれ落ちていた言葉。それを聞き逃さずにしっかりと拾ったらしいアルノルトはこちらを振り返った。そして、その黒の瞳でしっかりと私を捉《とら》え、明らかに私に向かって口を開く。

「今朝方、街のすぐ近くに魔物の大群が現れた。それに警戒して兵士たちが街を離れたその隙に、他の場所に控えていたらしい第二陣の魔物共が街を襲ったんだ。普段より警備の数が少なかったため、易々と街への侵入を許してしまった」

アルノルトの端的な解説に、私はなるほど、と頷いてみせた。

「単純すぎる作戦だが、魔物が囮を使ったという報告は聞いたことがない。偶然だった可能性もゼロではないが、それにしては第二陣が街を襲うタイミングが完璧《かんぺき》すぎる。今までとは違うのは明らかだ」

アレクさんの言葉を最後に、重い沈黙が私たちの間に流れる。

囮を使い人間たちを追い詰め、不利的状況に陥った途端撤退した魔物たち。魔物が全種族知能を持たないとは言い切れないが、アレクさん曰《いわ》くそのようなことは今までなかったという。

その変化に私はどきりとした。魔王復活の時が近づいてきていることを、再び思い知らされたようだった。

魔物はこれからどんどんその力を増していくことだろう。それは魔王の持つ巨悪な力に触発されてのことだ。いや、もっと直接的に、魔王が配下の魔物に力を分け与えているのかもしれない。

とにもかくにも、魔王の封印はおそらく弱まってきている。エメの村や王都が襲われたのも、そして今回の件も、封印が弱まったことによって魔王の力が漏れ出ていることの兆しにしか思えなかった。

ずっしりと肩にのしかかる重い空気の中、アレクさんが再び口を開く。

「先ほど何かに誘われたようにして魔物たちは撤退した、と言ったが、もっと相応《ふさわ》しい表現があった」

その言葉に、無意識のうちに俯《うつむ》いていた顔を上げる。目線の先、アレクさんの表情は固く、まるで感情を閉ざしてしまったかのような冷たいものだった。

「まるで——誰かから指示を受けたような様子だった」

〝私〟の脳裏に、「ラストブレイブ」の魔王の姿が過《よぎ》った。

脳裏に浮かんだ魔王は、人によく似た姿をしていた。ある男の体を乗っ取っていたのだ。戦闘形態が進むにつれ、その姿は醜悪な魔物へと変貌《へんぼう》していく。

魔王の忌々しい笑い声が鼓膜の奥に蘇《よみがえ》ってきた。それを振り払おうと私は数度、小さくかぶりを振る。

「先程、王都へ急ぎの遣いを出した。数日後にはこの街のことが多くの人に知られることだろう」

そう言ったアレクさんはぐっと顎《あご》を引いて虚空を睨みつけている。そして——その言葉を口にした。

「おそらく、この街は再び襲撃される」

ひゅ、と誰かが息を吸い込んだか細い音が耳に届いた。果たしてそれは自分が発したものなのか、それとも傍に立つエミリアーナさんが発したものなのか、それも分からないほど動揺していた。

予想できたはずの言葉だった。しかしそれでもここまで動揺してしまったのは、アレクさんの口調にあまりにも迷いがなかったからだ。彼は〝それ〟を確信しているようだった。

唖然《あぜん》とアレクさんの横顔を見つめる。すると不意にその瞳がこちらに向けられた。強い意志が覗《のぞ》ける淡い青の瞳に射貫かれ、私は思わず数歩後退した。何に対する恐怖かは分からなかったが、こわい、と本能が囁《ささや》いた。

「ラウラさん、お願いがある。エミリアーナを連れて、アネアという町まで避難してくれないだろうか。アネアはプラトノヴェナから一番近い町だが、距離にしてみればそれなりにある」

思いもよらぬ言葉に、私は「え」と小さな声を漏らす。

理解が追いつかない私をよそに、アレクさんは続けた。

「いっそ王都に帰ってもらっても構わない。むしろその方がアルノルトさんも安心できるだろう。離れた安全な場所で、回復薬の調合をお願いしたい。……この街に来てもらうのではなく、初めからそうお願いするべきだった」

そう言って、アレクさんは頭を下げた。

「ただそのときに、エミリアーナを連れて行って欲しい。住居等の手配はこちらでなんとかする」

「まっ、待ってください！　わたしは……！」

声をあげたのはエミリアーナさんだった。明らかに納得していない、婚約者に食ってかかる口調だ。

エミリアーナさんに向けて、アレクさんはふっと表情を和らげた。そしてエミリアーナさんの許へとゆっくり歩み寄り、彼女の肩をぐっと摑《つか》む。エミリアーナさんの服の肩口に寄った皺《しわ》を見るに、とても強い力で摑んだようだ。

「エミリアーナ、聞き分けてくれ。それに何も君一人が避難するのではない。街の人々は皆、近いうちにアネアに受け入れてもらう。プラトノヴェナには兵士たちが駐在し、魔物討伐の砦《とりで》とする」

膝《ひざ》を曲げ、身を屈め、エミリアーナさんの顔を覗き込むアレクさん。エミリアーナさんは今にも泣き出しそうな表情で、縋《すが》るような瞳で、目の前の婚約者を見つめている。

その視線から逃げるように、僅《わず》かにアレクさんが目線を下に落としたのが分かった。

「もちろん、私も残り指揮をとる」

アレクさんはすっと背筋を伸ばし、今度はアルノルトを真正面から見据える。そして唖然と立ち尽くす婚約者の許から離れると、アルノルトに歩み寄り、

「王都だけでなく、近場の街々に遣いを出し応援を頼んでいる。……どうかアルノルトさんも、協力してもらえないだろうか」

再び深く頭を下げた。

──沈黙。アルノルトは眉一つ動かさなかった。

協力して欲しい。それ即ち、この街に残り魔物討伐に魔術師として参加するということだ。

エミリアーナさん、そしてアレクさんは「ラストブレイブ」に夫婦として登場している。だからこのイベントも乗り越えてくれるはず。

それにアレクさんは優秀な剣士だろうし、アルノルトの魔術の腕は類稀《たぐいまれ》なるものだ。しかしそれらを分かっていてもなお、兵士を集め籠城《ろうじょう》ならぬ籠街《ろうがい》で魔物と対峙《たいじ》すれば勝てるような戦いなのか、と、不安に思ってしまう気持ちは止められなかった。

アルノルトの冷たく凍ってしまったような横顔を、固唾《かたず》を呑《の》んで見つめる。見つめた先の唇が、動いた。

「魔物が再びこの街を襲うと確信しているんですか」

「おそらく」

「なぜ？」

「……状況的に考えて、そうだろう。今まで幾度となく街の近くに出没した魔物が、とうとう街に踏み込んできた。奴らを全滅させることは叶《かな》わず、それどころか奴らは体力を残し〝撤退〟した。それに――」

アレクさんは言い淀《よど》んで、私とエミリアーナさんをちらりと一瞥《いちべつ》した。その態度だけで、そこから先は私たちには聞かせたくない〝何か〟があるのだろう、と察するには十分だった。

アレクさんは魔物の再びの襲撃をほぼほぼ確信している。

アルノルトはこの場でしっかりとした確証が告げられないことに、僅かに眉根《まゆね》を寄せて不満を表に出した。しかしその苛立《いらだ》ちを誤魔化すように一度大きく息をつくと、再び口を開く。

「この地を捨てるという選択肢は？　この地では回復薬に使う薬草も食料も満足に育たない。街の周りは広大な自然に囲まれ、深い雪に足を取られる。人間よりも魔物に適した環境だ。我々も環境の整った地に退却し、そこで迎え撃った方がずっと有利に戦えると思いますが」

アルノルトのあまりにあけすけな物言いに、アレクさんはぴくりと肩を揺らした。表情こそ私からは見えないが、足の横に綺麗《きれい》に添わされていた手が、ぐっと握り締められたのが分かった。

「……最終手段だ。この地を手に入れた魔物が南に下って来る可能性もないとは言い切れない以上、できることなら街が密集していないこの広い地で、被害を最小限に抑えつつ食い止めたい」

アレクさんの絞り出すような声を最後に、再び沈黙が落ちる。長い、長い、沈黙だった。

アルノルトの横顔を盗み見る。彼は口元を手で覆い、黒の瞳《ひとみ》を伏せていた。

今までに見たことのない表情だった。恐らく彼は――迷っている。

しかしその表情はすぐに消えた。かと思うと、黒の瞳でアレクさんを真正面から見据える。そして、

「分かりました」

はっきりと、頷いた。

決意のこもった、迷いのない声だった。

＊＊＊

馬車の準備ができるなり、私とエミリアーナさんはプラトノヴェナから避難することになった。別れを惜しむ時間すら満足に与えられず、私たちは荷物をまとめ、追われるようにして馬車にそれらを詰め込んだ。

プラトノヴェナを出る直前、なんとか時間を捻出《ねんしゅつ》してくれたらしいアレクさんたちが見送りに来てくれたのだが――エミリアーナさんの姿を見るなり、恋人たちはすっかり二人の世界に入り込ん

でしまい、私は蚊帳《かや》の外だ。それを不満に思うことはなかったが、それでも居心地が悪かったので少し離れた場所で待機している。

「アレク様……」

「そんな顔をしないでくれ」

ぽろぽろと涙を流すエミリアーナさんを、アレクさんは強く強く抱きしめる。別れを惜しむ美しい恋人たちの姿は、不謹慎ながらも映画のワンシーンのようで見惚《みと》れてしまった。

あまり不躾《ぶしつけ》に見てはいけないだろう、と目線を逸らす。それでも耳は二人に向いていた。

「どうか、ご無事で」

そう告げたエミリアーナさんの声は震えていた。きっとアレクさんを見上げる瞳は揺れ、止め処なく眦《まなじり》から美しい涙がこぼれているのだろう。見ずとも分かる。

そんな婚約者を見つめるアレクさんは一体どんな表情をしているのだろうか。安心させるように微笑《ほほえ》んでいるのか、痛ましいエミリアーナさんに眉根を寄せているのか、それとも。

「エミリアーナはずっとずっと、待っています」

健気で、気丈な言葉だった。

聞いているこちらの胸がぐっと詰まるほどで、私は思わずその場から離れる。これ以上聞き耳を立てていれば、私も泣いてしまいそうだった。

街にこもって、魔物たちを迎え撃つ。

一体勝率はどれほどのものなのか。アレクさんもアルノルトも、私たちに魔物の詳しい話は頑《かたく》なにしなかった。それと同時に、「勝利」といった言葉、それに似た意味を持つ言葉も口にすることはなかった。

不安が過《よぎ》る。

ここでアルノルトが死亡する可能性は極めて低いのではないかと見ている。未だエルヴィーラの問題は何一つとして解決していない。ようやく少しずつ、希望が見出せてきた時期だ。そんな時期に彼が死んでしまうなんて——メタ的な視点から見て、ありえないように思う。「ラストブレイブ」は王道RPGなのだ。そのような捻《ひね》った、言ってしまえば後味の悪い展開を神様《スタッフ》は好まなかったはず——

しかしこの考えも、今はもう信用することはできない。

アレクさんも「ラストブレイブ」に登場するため、この作戦で戦死する可能性は低いのではないかと考えている。しかしこの世界は〝私〟の知る「ラストブレイブ」とは徐々に相違を見せ始めていて——

もう私には、彼らの無事を祈ることしかできなかった。

「ラウラくん！」

俯いていたところに凛《りん》とした声がかけられた。その声に誘われるように顔を上げて、そちらを見る。すると鮮やかな赤が視界に飛び込んできた。

ヴィルマさんがプラトノヴェナ支部のもう一人の調合師をつれてこちらに歩いてくる所だったので、私の方からも駆け寄る。

「ヴィルマさんたちはこちらに残られるんですか？」

「応援が来るまでの間だけさ。魔術師が派遣されれば回復手段も増える。そうなったらアネアまで避難するよ。ラウラくんも無理はせず、体には気をつけるんだよ」

ヴィルマさんは軽く腰を曲げて私と目線を合わせると、優しく微笑んだ。

彼女たちの言葉からするに、恐らくは数日後、アネアで再会できるだろう。——何もトラブルがなければ。

私はヴィルマさんの表情を窺《うかが》うように上目遣いで彼女を見た。すると私の視線に気づいたヴィルマさんは、「ん？」と小首を傾《かし》げて微笑んでくれる。その際にさらりと揺れた赤髪を、一度見失ってしまったことを思い出してぶるりと体が震えた。

「やっぱり私も——」

「駄目だ。アンペールは一旦《いったん》アネアに避難しろ。アネア支部にはもう連絡をやっている」

私の言葉を遮るようにアルノルトが背後から話に入ってきた。驚きつつも慌てて振り返れば——いつもの白衣ではなく、動きやすい兵士の服装に身を包んだアルノルトがこちらに歩み寄ってくるところだった。

命令にも似た言葉に私は返事をせず、むしろ恨めしげに黒の瞳を見上げる。すると私の瞳に浮かんだ不満や反感を感じ取ったのか、僅かにアルノルトの眉《まゆ》がつり上がった。

何も、逆らうつもりはない。私がここに残ればいらぬ苦労をかけてしまうと分かっている。しかしそれでも、できることなら自分も戦地のすぐ傍に身を置き力になりたいと思うのは、至極当然なことではないか。

「……そこで調合を続けていれば良いんでしょうか」

「あぁ。少ししたら王都――カスペルさんから指示が来るはずだ。それまで頼む」

カスペルさんからの指示。その言葉にはっと我に返る。

指示の内容によっては、私はアネアから更に王都に避難する可能性がある。アルノルトの過去の言葉を思い起こすに、カスペルさんは元々私をプラトノヴェナ支部に送ること自体反対していたようだった。

「分かりました」

大人しく頷《うなず》く。するとアルノルトは組んでいた腕を解いて、頷くように軽く顎を引いた。

最後に一度、私を一瞥《いちべつ》してアルノルトは踵《きびす》を返す。

「……気をつけてください。体を、大事にしてください」

離れていく背中に別れを惜しむ言葉をかけようと思ったのに、なんとか絞り出せた言葉たちはとても幼稚で、発した声も小さく微《かす》かに震えていた。

きっと私の言葉はアルノルトに届かなかったはずだ――そう思った刹那《せつな》、雪を踏みしめる足音が止まった。

「死なないからな、俺は」

そして振り返ることなく続けた。

「エルヴィーラのために」

強く、決意に満ちた声で。

――大丈夫。アルノルトは、死なない。

「馬車が出るぞー！」

見知らぬ男性の声に振り返る。すると数台の馬車が既に出発するところで、一番端の最後の便とみられる馬車の前に、アレクさんとエミリアーナが立っていた。

振り返っていた視線をもとに戻す。アルノルトの背は既に遠く、挨拶《あいさつ》はできなそうだ。傍らに控えていたヴィルマさんたちに会釈すると、私は馬車に駆け寄った。

「ラウラさん」

婚約者の肩を抱くアレクさんに、縋るように見つめられる。エミリアーナさんがアレクさんのことを心配なように、アレクさんもエミリアーナさんのことが心配なのだろう。

「エミリアーナを頼みます」

少しでも彼を安心させられるように笑顔で頷いた。するとアレクさんの手はエミリアーナさんの肩から離れて、その背をそっと押す。エミリアーナさんは俯《うつむ》いたまま、一歩馬車の方へと踏み出した。

「行きましょう、エミリアーナさん」

手を取り、重い足取りの彼女を連れて馬車へ乗り込む。動き出した馬車はあっという間にプラトノヴェナから離れていき、最後まで見送ってくれたアレクさんの姿も見えなくなった。

――馬車の中。すっかり塞《ふさ》ぎ込んでしまったエミリアーナさんに、街を出る前に調合していた回復薬を差し出す。回復薬といっても体を温める効力のある薬草を煎《せん》じたもので、温かなお茶とそう変わらない。多少苦味があるが、健康にいいと小さな子どももよく飲んでいる。

「エミリアーナさん、これどうぞ。体が温まりますよ」

「あ、すみません……」

受け取ると、気を紛らわせたかったのか彼女は容器を一気に呷《あお》った。

私も自分用に用意していた回復薬を数口に分けて飲み干した。即効性のあるものなので、体に入るなりじんわりと温もりが指先まで広がっていく。

「あの、ラウラ様」

決意が秘められたような硬い声に、思わず背筋が伸びた。

一体何を告げられるのか。まさか戻るなどと言い出さないか――などと考えながら、身を固くしてエミリアーナさんの次の言葉を待っていると、

「わたしを弟子にしてくださいませんか!?」

「……えっ?」

鼓膜を揺らした言葉は、予想もしていなかったもので。

私が即座に反応を返せずにいると、エミリアーナさんはその態度を無言の否定だと勘違いしたのか、縋《すが》り付くように身を寄せてきた。そして言葉を続ける。

「わたしも何か、力になりたいんです。でも、わたしには魔力も力もなく……」

言葉尻《ことばじり》を濁し、俯くエミリアーナさん。

ふわりと顔にかかった金髪の隙間から、揺れる青の瞳と噛《か》み締められた可愛《かわい》らしい下唇が覗《のぞ》ける。

「調合には多くの知識と、確かな技術が必要だと知っています。わたしが数日勉強したところでまともな回復薬は作れそうにないことも……。でも、指示された薬草を摘んでくるとか、お掃除とか、そういった雑用ならきっとお役に立てます！」

そう必死で言い募る彼女に、かつての自分を見た。

負けヒロインという未来から逃げ出すべく、村はずれのオババ――お師匠に弟子入りしたあの日を思い出す。気づけばあれから六年以上経った。まだ、と言うべきか、もう、と言うべきかは分からない。昨日のことのようであり、遠い昔のことのようでもあった。

――などと感傷に浸っている場合ではない。今目の前で、私に向かって頭を下げているエミリアーナさんをどうにかしなくては。

弟子にしてください、なんて。正直考えられない。考えたこともない話だった。

「い、いや、あの、エミリアーナさん」

「好きなだけこき使ってください！　お願いします！　……わたしは待っていることしかできないから」

ぽろりと一粒、その眦から涙がこぼれ落ちた。一度こぼれてしまうとそれに続くようにして、ぽろりぽろりとエミリアーナさんの頬を涙が伝った。

可愛らしい少女の涙に、私はなんと声をかければいいかと動揺してしまう。しかし当の本人は己の涙のことなど気にもとめず、今までにない強い光をたたえた瞳《ひとみ》で私を真正面から見つめてきた。

「お願いします……！」

そう唇が動く。声は震えてしまうのを必死に堪《こら》えようとしているのか、引きつったような、苦しそうな声だった。

数瞬見つめ合う。根負けしたのは——私だった。

「分かりました。でも弟子としてではなくて……。未熟な私の、お手伝いをお願いできますか？よろしくお願いします」

ゆるく微笑んで右手を差し出す。するとエミリアーナさんの顔にぱぁ、と笑みが広がった。

右手を握られる。そして「よろしくお願いします、師匠！」と満面の笑みでエミリアーナさんは頷いた。だから弟子じゃなくて、と口を挟んだものの、その言葉はエミリアーナさんの耳には届かなかったようだ。

——王属調合師助手、十四歳。なにやら弟子ができました。

04：非日常

　アネアの町に避難してきて十日。私とエミリアーナさんは用意されていた宿屋の一室を拠点に、アネア支部で回復薬の調合を続けていた。

　基本的に、朝から夕方までは私の調合の手伝い――薬草園から指定の薬草を摘んできてもらったり、調合に必要な道具を整えてもらったり、あけすけに言えば雑用――をエミリアーナさんに頼み、定められた終業時間後は、約束通り彼女に調合の指導をしているのだが。

「あ、あれっ？」

「あぁっ、エミリアーナさん！　焦らないで！」

　薬草を煮詰める真水が沸騰し、溢《あふ》れそうになったのを見て、私は咄嗟《とっさ》に火を消した。エミリアーナさんは余熱でボコボコ泡立つ真水をじっと見つめながら、難しい顔をしている。

　――エミリアーナさんへの指導は、はっきり言って順調とは言えなかった。しかしそれは彼女に才能がないだとか、そういった問題ではない。誰の目から見ても、私の指導の拙《つたな》さが理由なのは明らかだった。

　果てしなく自惚《うぬぼ》れた発言だと自覚しているが、私はこと調合に関しては天才型――感覚派だ。であるからして、的確な指示をエミリアーナさんへと出すことができない。お手本を作りながら指導する際も、「なんとなくいい具合に熱したと思ったら」とか「手に伝わってくる感覚が少し変わったと感じたら」だとか、我ながら感覚的過ぎる解説が口から飛び出てきて驚いた。そしてそれ以上に、エミリアーナさんに申し訳なく思った。

(私みたいな先生、自分だったら絶対嫌いになる……)

エミリアーナさんは私の不親切且つ不明瞭《ふめいりょう》すぎる指導にどうにかついてきてくれようと一生懸命だが、その裏で嫌われてしまっていないかと不安で仕方なかった。

「難しいですね……」

しゅん、とこうべを垂れるエミリアーナさん。

同じようなことがある度「私の説明が悪いんです」と幾度となく謝ってきたが、その度に彼女は全身で否定してくれるので、もはや私は何も言えずに首を振るばかりだった。何度も否定させてしまうのは申し訳ないし、いい加減しつこいと鬱陶《うっとう》しく思われかねない。

私はどうにかこうにか話題を変えようと、すっかり熱を失った回復薬数段階手前の液体を見た。確かにまだ、回復薬までの道のりはいくらかあるが、それでも。

「でも昨日よりずっと上達してます！　今回はちょっと火が強くなり過ぎちゃっただけで、真水の量や熱する時間はバッチリです！　……って偉そうですね、すみません」

「いいえ！　お師匠様ですから偉くて当然です！」

お師匠様。向けられた単語に苦笑することしかできない。

自分はつくづく指導者に向いていないと今回実感したので、生涯弟子は取らないでおこう。エミリアーナさんが最初で最後の弟子だ。――そうは言っても、彼女のことを弟子だなんて偉そうに思ったことはないが。

「お師匠様じゃないですって、もう」

良くしてくれた人から、少しばかり知恵と経験を教えて欲しいと言われたから、力になりたかっただけ。お師匠様だなんて大層なものではない。

否定しつつ、口元には苦笑よりも穏やかな笑みが浮かんだ。それを見てか、エミリアーナさんもほっと頬を緩ませる。

――プラトノヴェナを離れて、それなりの日数が経過している。アルノルトはカスペルさんからの指示があると言っていたが、未だに何の音沙汰《おとさた》もない。

王都からの連絡がない上、プラトノヴェナが現在どのような状況かを知らせてくれる連絡もない。恐らくはこう着状態が続いているのだろう。いや、もしかすると未だ遣いが到着していないだけで、今この時、アルノルトたちは魔物と対峙《たいじ》している可能性も――

脳裏を過《よぎ》った不吉な妄想に、私は頭を振った。

エミリアーナさんも口にはしないが、アレクさんの身を案じていることだろう。そして彼女からしてみても、私がアルノルトたちの身を案じていることは明らかなはずだ。しかし彼らのことを考えてしまえば、不安で何も手につかなくなるとお互いに分かっている。だからこそ私たちの話題に、プラトノヴェナという単語は一切出てこないのだ。

不自然なぐらい、和やかな雰囲気を保とうとお互いに必死だった。その必死さをひしひしと感じつつも、それに気づかないふりをして、私たちは微笑《ほほえ》みを交わす。

更に付け加えるならば、お互い以外の人間とほとんど会うこともない。朝起きてアネア支部に出勤し、割り振られた個室で調合を行い、夕方以降はエミリアーナさんに指導し、そして再び宿屋に帰る。プラトノヴェナの若き領主からの手紙一通で突然保護を押し付けられた私たちのことを、一体どう扱えば良いのか、アネア支部の人々は戸惑っているようだった。

二人きりでなんとか立っているような日々。

——正直、心身共に擦り切れる毎日だ。

＊＊＊

「ラウラさんはどうして調合師を目指されたんですか?」

宿屋でお互いベッドに潜り込み、今まさにおやすみなさいと声をかけようとしたその瞬間、エミリアーナさんの口から思わぬ話題が飛び出てきた。その口調は、眠る前、親に御伽噺《おとぎばなし》を強請《ねだ》る子どものようで。

恐らく彼女は眠気に襲われているのだろう。それなのに話しかけてきたということは、かねて私に尋ねたいと思っていて、ずっとタイミングを窺《うかが》っていたのか。

なんと答えるべきか迷いが生まれた。小綺麗《こぎれい》な嘘で誤魔化そうかと考えて——しかし口から滑り出た言葉は、自分でも予想していなかったものだった。

「正直に話したら、エミリアーナさんに嫌われちゃうかもしれません」

エミリアーナさんの顔を見て話をするために寝返りをうつ。

用意してくれた部屋はお世辞にも広いとは言えなかった。何も文句を言いたいのではない。アレクさんの言付けによって、一切の宿泊料なしに宿屋の一室を貸してくれている——向こうからしてみれば、少女たちを保護している、という表現が適切だろうか——ことに、心から感謝している。

このなんともコンパクトな部屋に、ベッドが二台寄り添うように置かれているのだ。違うベッドに寝ていながらも、添い寝しているような感覚に陥る。

エミリアーナさんは、私の曖昧《あいまい》な言葉を呑《の》み込みあぐねているようだった。その表情が可愛らしくて、私は思わず笑い声をこぼす。するとますます難しい顔になったエミリアーナさんに、流石《さすが》に罪悪感を抱いた。

「すみません、意地悪な言い方でした。実は、故郷の村から出たくて……。出身が小さな村でしたから、世界を見てみたかったんです。その為には手に職だ！　と思って、それで」

早口で一気にまくし立てる。それによって足りなくなった酸素を補おうと息を大きく吸ってから
エミリアーナさんの様子を窺うと、彼女は驚きに目を丸くしていた。

落ちる沈黙。私の調合師になった理由を聞いて、エミリアーナさんはどう思っただろう。些《いささ》かの綺麗《きれい》な言葉に包んでみたが、自分本意の理由には変わりない。

「結構自分勝手な理由なんです。あはは」

沈黙に耐えきれず、笑い話にしようとわざと明るい声音で続けた。すると私の虚しい笑い声を、

「いいえ！」とエミリアーナさんの凛とした声が止めた。

驚きに目の前の彼女を見つめる。青の瞳は真っ直ぐ私を射貫いていた。

「魔物が街を襲ったあの日、屋敷を走り回るラウラさんがとても眩《まぶ》しかったんです。わたし、生まれてからずっと、決められた道を歩いてきました。お父様の言われるままに……。アレク様と婚約を交わしたのも、全て。だから、わたしよりお若いのに自分の意志で決めた道を歩くラウラさんに、憧《あこが》れてるんです」

予想外の言葉が返ってきて、一瞬息が止まった。

思えば、エミリアーナさんの出生を私は知らない。アレク・プラトノヴェナという一領地を治める貴族と婚約を結べるのだから、それなりの身分なのだろうとは予想がつく。あとは「精霊の飲み水」の伝承が伝わる、フラリアの街出身ということぐらいか。

「もちろん、今の人生を不満に思ってるとか、そんなことはありません！　むしろとっても幸せで……幸せすぎて、怖いぐらいです。とても恵まれた人生であることは、自覚しているつもりです。でも……」

「それとこれとは話が別、ですよね」

言い淀《よど》んだエミリアーナさんの言葉を、自分なりに引き継ぐ。すると目の前の彼女は安堵《あんど》したように息をつき、ふわりと目を細めた。

エミリアーナさんの今の話は、話す相手を見誤れば悪意をもって受け止められかねない。彼女は恵まれた立場《せってい》の人間だ。恐らくはそれなりに権力を持つ家に生まれ、ゆくゆくは領主の妻として大切にされながら生きていく。そのような立場にありながら何を、と憤る人もいるだろう。

それを分かっているからこそ、エミリアーナさんは私の言葉に安堵した。

「ちょっとだけ、分かるような気がします。私が村を出たかったのも、このまま村にいたら決められた道を歩くことしかできないと思ったから……」

決められた職業《せってい》から逃れるために、私はこの道を選んだ。今ではこの道の先にあるものはそれだけではなくなったけれど、畏《おそ》れ多くも、エミリアーナさんの気持ちがほんの少し分かるような気がした。

ほわり。エミリアーナさんの顔が幼く解《ほど》ける。

この数日、エミリアーナさんと常に行動を共にしていた。となれば当然距離も近づいたし、彼女に対してそれなりの情――親近感も湧いて来ている。しかしだからと言って、お互い胸に秘めていた思いを吐露するには早すぎるように思えなくもなかった。

それもこれも、今置かれている状況のせいだ。親しい人たちを戦地に残し、彼らの様子は何も分からず、ただただ次の指示を二人きりで待っている。今抱えている不安は相手としか共有できない――などと考えれば、一足二足飛びに仲が深まったように錯覚しても、おかしくない。

浮かない顔をして、宝石のような青の瞳《ひとみ》を濁らせるエミリアーナさんに、気休めにもならないと分かりつつも声をかけた。

「決められた道でも、歩くのは自分ですから」

他人に決められた道が目の前にあって、その道を進んでいるとしても、何も他人に操られている訳ではない。目の前の道から逸れて、自分で選んだ道を進もうという意志さえあれば、いつでもそれは叶《かな》うのではないか。

しかしエミリアーナさんはそれを望んでいるようには見えなかった。ただこの状況に少しばかり心が弱り、揺らいでいるのだろう。

エミリアーナさんに微笑みかける。彼女も微笑みかけてくれた。

――その夜、それ以上の会話はなく、二人で睡魔に身を委ねた。

＊＊＊

お昼過ぎ、回復薬の調合をエミリアーナさんに手伝ってもらっている最中の出来事だった。

使用済みの調合器具を洗ってもらおうとエミリアーナさんにお願いして、私は摘んできた薬草を整理していたのだが――ガシャン！　と耳障りな音が突然鼓膜を劈《つんざ》いた。

慌てて音のした方を見やる。そこには目を丸くして床を見つめるエミリアーナさんが立っていた。その視線の先には、割れた容器。どうやら彼女は容器を落として割ってしまったらしい。

「す、すみません！」

エミリアーナさんが慌てて割れた容器を拾い上げようとしゃがみ込む。容器の破片で手を切るかもしれない、と私が慌てて止めるより先に、彼女のか細い指先は破片を拾い上げ――

「――っ！」

つ、とエミリアーナさんの指先から血が滴った。思いの外血の量が多い。

深く切っているかもしれない、と私は机の上に置かれていた調合したての回復薬を差し出した。

「エミリアーナさん、これ、よかったら飲んでください」

彼女は差し出された回復薬を躊躇《ためら》いなく飲んだ。途端、塞《ふさ》がっていく指先の傷にほっと安堵のため息をこぼす。

「破片の片づけは私がやっておきます。エミリアーナさんは別の作業を──」

「すごいですよね、調合師の方々って」

私の言葉を遮るようにして、エミリアーナさんは呟《つぶや》いた。

突然の呟きに何も反応できずにいた私を、エミリアーナさんの青の瞳がじっと見つめる。そして再び彼女は口を開いた。

「プラトノヴェナが襲われたとき、思ったんです。ラウラさんたちが作ってくださった回復薬で、多くの街の人々が救われたって」

エミリアーナさんは柔く微笑む。そして突然、私の右の手をとった。かと思うと何かを確かめるようにそっと握られる。

「ラウラさんのこの手は今までもこれからも、多くの人を救うんですよね。……本当に素晴らしいお仕事です。尊敬します」

──素晴らしいお仕事だと、そう真っ直ぐな瞳で告げられて、思い出したのはあの日、プラトノヴェナで私にお礼を言ってくれた親子だった。

『ありがとうございます、調合師様』

母親は私を調合師様と呼んだ。その呼び名が、ただ自分の負けヒロインという未来を変えるためにこの職業を選んだ私には、あまりにもずっしりと重たく感じられた。けれど同時に、私は人を救うことができる才能と技術を持ち——傷ついた人々を救う側の立場なのだと、ようやく自覚した。

(私や限られた人にしか、できないことがある……)

王属調合師。それは私にとって、負けヒロインという屈辱の未来から逃げるための手段でしかなかった。しかし今私がこうして袖《そで》を通している白衣も、大勢の人が望み、そして大勢の人が諦《あきら》めたものだ。

もし〝私〟が逃げ道として調合師という職業に目をつけていなければ、今年不合格に涙を流した誰かがこの白衣を着ていたかもしれない。その人は私とは違い、心の底から傷ついた人々を救いたいと思い、必死に勉強に励んできた人かもしれなかった。

(幸運なことに私には才能があって、こうして立場も与えてもらっている。そして実際に、この手で救うことができた命があった)

エミリアーナさんは未だ私の右手にそっと触れている。その表情はどこか暗く物憂げだ。

おそらくはプラトノヴェナに残った婚約者のことを考えているのだろう。もしかすると今の彼女にとって私は、羨《うらや》む存在なのかもしれない。大切な人の傷を、自分の手で癒すことができる技術を持っているのだから。

自惚《うぬぼ》れてはいけない。けれど、自覚しなければならない。自分にもたらされた才能を。

（まだまだできないことは多いけど、私の立場だからこそできることもたくさんあるはず）

今すぐ大きな志を持つことは難しい。けれど、あの日親子が私に向けてくれた笑みと「ありがとう」という感謝の言葉を思い出すと、温かな気持ちになる。

（この道が自分で選んだものであれ、神様《スタッフ》に選ばれたものであれ、あのとき親子がくれた笑顔と言葉は本物だ）

私は未だ、自分の才能に疑問を抱いている。〝私〟が知る「ラストブレイブ」と多くの相違点を抱えるこの世界で、ラウラ・アンペールが王属調合師になるのは神様《スタッフ》によって定められていて、そのために才能を与えられたのではないかという疑念が、心の片隅に巣くっている。けれど――


私が作った回復薬の先にはたくさんの命があり、笑顔があるのだ。


山小屋で、王城の調合室で回復薬を作っていたときにはぼんやりとしか思い描けなかった〝回復薬を使用する人々〟の姿。彼らの姿を実際にこの目で見て、更には彼らの言葉を直接聞くことができたのは調合師としていい機会に恵まれたと言っていいだろう。状況としてはその機会が得られたことを手放しで喜べないが、今世の私――王属調合師助手として生きるラウラ・アンペールにとって、間違いなく得難い経験となった。

前世、この世界をゲームという創作上の物語として消費してしまったからこそ、いつの間にか私は回復薬を〝使用すればあっという間に道具袋から消えるただの消費アイテム〟だと、自分でも気づかないうちに過小評価していたようだ。

「――あの、ラウラさん?」

突然思考の海に沈み黙り込んでしまった私を不審に思ったのか、エミリアーナさんが顔を覗《のぞ》き込んでくる。眉尻《まゆじり》の下がった表情に不安にさせてしまったことを申し訳なく思いつつ、改めて自分が選んだ道について考えるきっかけを与えてくれた彼女に、私は微笑《ほほえ》みかけた。

「すみません、ちょっと色々と考え込んじゃって。後片付けをして、少し休んだら調合を再開しましょう」

調合台の上に置かれている回復薬を見やる。今はただ、プラトノヴェナに届けられる回復薬が一人でも多くの兵士の命を救ってくれることを、祈るばかりだ。

＊＊＊

翌日の昼頃、アネア支部の調合師が私たちの許を訪ねてきた。

「あ、あの、ラウラさん」

「……どうされたんですか?」

咄嗟《とっさ》に名前を呼ぼうと思ったが、出てこなかった。

彼は私たちの世話を任されているらしかったが、会話をしたのは二回目だ。この支部を訪れた時に一回、そしてたった今が二回目。

「王都からあなた宛《あて》にお手紙が」

目前に差し出された白の封筒に、私は息を呑《の》んだ。

「カ、カスペルさんからです。あの、どうぞ」

待ちに待っていた王都からの指示だと頭では理解していた。それなのに、一瞬受け取ることを躊躇ってしまう。

一度深く息を吐き、震える指先でどうにか受け取った。

大丈夫。プラトノヴェナからの手紙ではない。そんなに怯《おび》えることはないはずだ。このままアネアに滞在し続けるにしても、上司からしっかりとした指示をもらわなくてはどうにも身動きが取れない。

そう分かっているのに正直な私の心臓は、いつもより幾分速い鼓動を刻んでいた。我ながら小心者だと笑ってしまう。

封筒を開ける。入っていたのは便箋《びんせん》一枚だけ。それも僅《わず》か数行で、辛うじて読める殴り書きのような文字たちに、恐らくカスペルさんは時間に追われているのだろう、と安易に想像がついた。

「わたしたちはこれから、どうすれば……？」

後ろから不安げな声がかけられる。エミリアーナさんだ。きっと彼女は笑みを浮かべようとして失敗しているに違いない。見てもいないのに想像がついた。

『――王都に戻って来てください。一緒に避難している方がいらっしゃるなら、その方も一緒に。あなたと入れ違いになる形で、アネアには調合師を派遣しますので、ご心配なく。あなたがご無事なようでよかった』

手紙に綴《つづ》られていたのは、たったこれだけだった。

「……王都に一度帰って来いと。入れ違いに、他の調合師の方がこちらに来るようです」

薄々はそうなるだろう、と分かっていた。

私はこのカスペルさんからの指示に、いくらかホッとしていた。

きちんとした指示はもらえず、プラトノヴェナの情報も満足に入ってこない上、突然私たちの保護を頼まれたアネア支部の方々からどう扱っていいものかと目に見えて困惑される毎日は、私の精神をじわじわと蝕《むしば》んでいた。

王都に戻ればカスペルさんから的確な指示をもらえるだろうし、肩身の狭い思いをすることもない。今以上に調合に集中できるはずだ。それに王都にいた方が、情報も入りやすくなるのではないだろうか。

距離は圧倒的にアネアの方が近いが、王都にはすべての情報が集まってくるだろう。それにカスペルさんは、アルノルトやアレクさんの情報が届いたら、私たちに包み隠さず伝えてくれるに違いない。今の状況では、情報が届いているにもかかわらず、私たちに教えるようなことはない、と情報が遮断されている可能性もなくはない。

——そんな発想に至ってしまうほど、私たちは放置されている。

とにかく現状から抜け出せる。それは喜ばしいことのはず。

私は控えめな笑顔でエミリアーナさんを振り返った。しかし振り返った先の彼女は、私とは打って変わってその顔を歪《ゆが》めていた。

＊＊＊

王都・シュヴァリアへと発《た》つ前日の夕方。

ヴィルマさんたちプラトノヴェナ支部の王族調合師二名がアネアへとやってきた。彼らが避難してきたということは、必要数の兵士と魔術師が街に集まったということなのだろう。

久々のエミリアーナさん以外の見知った顔に、私は息を切らしつつ駆け寄った。

「ヴィルマさん、ご無事で何よりです！」

彼女は目元に濃い隈《くま》を覗かせつつも、にっこりと微笑んでみせる。

「あぁ、ラウラくん。顔色がいいな、よかった」

声もいくらか掠《かす》れている。ヴィルマさんはそれを誤魔化すように更にきゅっと目元を細めて、私の頭を撫《な》でてくれた。

きっと彼女の方が疲れているだろうに、年下の少女に心配をかけまいと凛《りん》と振る舞っている。それを見抜けないほど私は間抜けではなかったが、同時にそれを指摘するほど愚かでもなかった。

一瞬の沈黙。今の和やかな雰囲気を自分の問いで崩すことに躊躇いを覚えたが、それでも〝それ〟を尋ねずにはいられなかった。

「あの、プラトノヴェナの状況は？」

「街に兵士と魔術師がぎっちりだ」

その場の空気を少しでも軽いものにしようとしてくれているのか、ヴィルマさんは苦笑を浮かべつつ、どこか冗談めいた口調で答えた。しかし表情を和らげることなく、顔を強張らせている私に彼女は苦笑を深めて、それから言い聞かせるような口調で続ける。

「魔物の動きはないよ。兵士たちの精神が擦り減らないよう、アレクさんは苦心していた」

ヴィルマさんの報告に、とりあえずは安堵《あんど》した。強張っていた体が弛緩《しかん》していくのを感じる。

未だ魔物の動きはない。その一言だけでも、私にとっては大きな情報だ。もっとも、今後魔物が動きを見せる可能性は否定できないが。

それにしてもなぜ、アレクさんはああも魔物の襲撃を確信していたのだろう。あの迷いのない口調は、なにを根拠に――

「アルノルトは相変わらず。……ただ、キミへの手紙を預けてきた」

不意に目前に差し出された封筒。アンペールへ、と思いの外丁寧な筆跡で書かれた己の名前に、一瞬息が詰まった。

一つ息を大きく吐いてから、それを受け取った。きっと現状の報告が綴られているのだろうと推測できるが、それでも微《かす》かに指先が震えた。思っていた以上に、ここでの日々は私に焦燥を与え、弱くしたらしい。

「一度王都に帰るんだろう?」

はい。そう小さく頷《うなず》く。もう荷物もすっかりまとめ終わってしまった。

アルノルトは依然危険な地に身を置いているのに、自分はより安全な地へと避難する。私が残ったところで足手まといにしかならない、私には魔術の才能はない、私とアルノルトに求められていることは違う。そう理解しているが、自分に対する情けなさとアルノルトへの罪悪感はどうしても胸の底に滲《にじ》んだ。

「エミリアーナ！　キミにもアレクさんから手紙だ！」

ヴィルマさんが不意にあげた声に振り返る。いつの間にそこにいたのやら、目線の先のエミリアーナさんは明らかに体を縮こまらせていた。

それでもヴィルマさんが手紙を差し出すと、小動物のような俊敏な動きで私たちの許に近づいてきてその手紙を受け取る。そして躊躇《ためら》いなく封筒を開けると、手紙に素早く目を通した。

血の気の引いたエミリアーナさんの横顔を見つめる。せわしなく動く青の瞳《ひとみ》は揺れ、薄く開かれた唇は小刻みに震えていた。

「エミリアーナさん、アレクさんからの手紙にはなんて……？」

「ラウラさんと共に行くようにと」

想像していた通りの展開ではある。しかしエミリアーナさんの心中を思うと、自然と視線は床に落ちた。

しかしそこで思い直す。私よりもずっと、エミリアーナさんの方が辛く、不安なはずだ。婚約者は戦地に残り、慣れない地へと避難するのだから。

（私が彼女を支えることができたら……）

落ちた視線を上げた。手紙を畳んで胸元に抱きかかえているエミリアーナさんは、ぐったりと俯《うつむ》いていて表情が読み取れなかった。

当然こちらの表情も彼女に伝わらないと分かりつつ、それでも歪《いびつ》に口角を上げる。

「エミリアーナさん、大丈夫です。王都も素敵なところですよ？　私の友人や頼りになる先輩を紹介させてくださ い」

頷いたエミリアーナさんはゆっくりとその顔を上げる。そこにはさぞや思いつめた、真っ青な顔があるのだろうと予想していたら——なんと、顔を上げた彼女はとても穏やかな笑みを浮かべていた。

予想外の表情に私が言葉を続けられずにいると、エミリアーナさんは「明日の支度をしてきます」と踵《きびす》を返した。

遠くなっていく背中をぼうっと見送る。そこでハッと気がついた。アルノルトからの手紙を開封していない、と。

私は慌てて封筒から便箋を取り出す。そしてその勢いのまま一気に目を通した。

『魔物の動きはまだない。だがアレクさんは、プラトノヴェナが魔物に再び襲われることを確信している。その理由は分からない。少なくともこちらから兵を引き上げる様子はなく、もうしばらくはこう着状態が続きそうだ』

事実だけが淡々と綴られた、アルノルトらしい手紙であった。平坦《へいたん》な彼の声が聞こえてくるようだ。

そのまま読み進め――手紙の最後には、こう綴られていた。

『心配するな』

短い一文に、手紙を持つ手にぐっと力がこもる。

書き殴ったような文字だった。それまでの文字は丁寧かつ均整の取れたとても読みやすい文字だったため、最後に添えられた一文の異様さがより目立つ。

封筒に入れようとしたその瞬間、パッと思いついて咄嗟に書いた――そんな様子が瞼《まぶた》の裏に浮かぶようだ。

アルノルトなりに気を遣ってくれたのだろう。彼の目から見て、突然の魔物襲撃に怯える後輩はあまりに憐《あわ》れだったのかもしれない。

正直言って、その一文で気持ちが軽くなるということはなかった。気休めの言葉でしかないと冷静に判断する、可愛げのない〝私〟がいた。しかし同時に――そのアルノルトの気遣いを嬉《うれ》しいと感じる〝私〟もいた。

＊＊＊

馬車に揺られること数日。日も傾きかけた頃、ようやく私は王都・シュヴァリアへと帰ってきた。

――エミリアーナさんと一緒に。

「ラウラ！」

出迎えてくれたのはチェルシーとリナ先輩の二人だった。馴染《なじ》み深い二つの顔に張り詰めていた気が緩んだのか、思わず視界が滲む。

「チェルシー、リナ先輩！」

声を上げて走り出す。するとチェルシーも同様に私に向かって走り寄ってきて、そのままぎゅっと抱きしめられた。

「大丈夫だった⁉　怪我《けが》は⁉」

「平気、どこも怪我してないよ」

ペタペタと体のあちこちを遠慮なく触られて私は思わず苦笑した。しかしそれ以上に触れた温もりに安心する。

私もその温もりに縋《すが》るように抱きしめ返す。するとチェルシーの肩がかすかに震えていることに気がつき、思わず彼女を抱きしめる腕に力がこもった。

抱き合ったまま、リナ先輩と目線がかちあう。彼女はどこまでも優しく微笑《ほほえ》んでいた。

しかし不意にその表情に戸惑いの色が浮かんだ。その視線の先を辿《たど》れば——所在なげに体を縮こまらせて、控えめに微笑むエミリアーナさんの姿があった。

同期と先輩との再会に思いの外浮かれてしまっていたらしい。慌ててチェルシーとの抱擁を解くと、エミリアーナさんの隣に立つ。

「紹介します。この方はエミリアーナさん。プラトノヴェナから一緒に来ました」

チェルシーたちに手短に紹介する。プラトノヴェナから、という単語で二人とも全て察したのだろう、一瞬戸惑うように眉根《まゆね》を寄せた。しかしすぐに柔らかな笑みが二つ、エミリアーナさんへと向けられる。

「エミリアーナです。よろしくお願いします」

大きく頭を下げるエミリアーナさん。その表情は不自然さを覚えるほどに穏やかだ。まるで、心を固く閉ざしてしまったような――

私の勝手な心配をよそに、エミリアーナさんとチェルシー、リナ先輩は和やかな挨拶《あいさつ》を交わしていた。しかし長旅で疲れているだろうとリナ先輩に気を遣われ、一旦《いったん》解散の運びとなった。

「ええっと、とりあえず一通り王都を案内できればと……」

チェルシーたちと別れた後、エミリアーナさんにそう微笑みかける。そしてこちらです、と彼女をエスコートするように歩き出し――その場から動かないエミリアーナさんに足を止めた。

「エミリアーナさん？」

「――……覚悟しておけと、そう手紙に書いてありました」

突然鼓膜を揺らした言葉の意味が分からなかった。

エミリアーナさんが顔を上げる。

「プラトノヴェナの未来を託すと、そう書かれていました」

その言葉で、ようやくアレクさんからの手紙の話をしているのだと察した。

――アレクさんがエミリアーナさんに、プラトノヴェナの未来を託すと手紙を送ってきた。

そんなの、まるで。

は、と浅く息を吐いた。人間、驚きすぎると感情が壊れてしまうのか、なぜか自分の口元が緩く上がるのを感じていた。

「そんな……そんな、遺言みたいなことを……」

遺言。その言葉を口にするのは躊躇われたが、気がつけばするりとこぼれ落ちるように口を突いて出ていて。

私の言葉にエミリアーナさんはくしゃりと顔を歪めた。今にも泣き出しそうな表情だった。

「刺し違えてでも、魔物を倒すと」

エミリアーナさんの口から放たれるアレクさんの決意に、私はぎゅうと拳《こぶし》を握りしめる。最近爪の手入れがおざなりだったため、手のひらに爪が食い込んだ。

「人語を話す魔物がいたそうです。その魔物は鋭い爪と牙《きば》を持ち、一瞬で複数の兵士を殺したと。明らかに、他の魔物と違ったと……そう、書いてありました」

エミリアーナさんの口から淡々と紡がれた言葉に息を呑んだ。

――人語を話す魔物は、「ラストブレイブ」にも登場した。そういった魔物は決まって力が強く――魔王軍の幹部のような存在だった。

ゲームの設定にのっとるのであれば、アレクさんが言うその魔物は周りより群を抜いて強いはず。その姿も他の魔物とは違い、とても気合の入った、一目で〝ボス〟と分かるようなグラフィックであった。

つまり何が言いたいのかと言うと、アレクさんがその魔物を一目見て「他の魔物と違う」と感じ取ったその感覚は、おそらく間違いないだろうということだ。そしてもしかすると、彼は魔物に言われたのかもしれない。再びこの街を襲う、と。であれば、あれだけ魔物の再びの襲撃を確信していたアレクさんの態度にも納得がいく。

——そう、全て納得がいってしまう。アレクさんがエミリアーナさんに残した言葉も、決意も、全て。

「ごめんなさい、一人ではとても、抱えきれなくて……ごめんなさい」

ぐにゃりと歪《ゆが》んだ顔。とうとうその瞳には涙が浮かび、それを恥じるようにエミリアーナさんは両手で顔を覆った。

エミリアーナさんはずっと我慢していたのだろう。もしかすると、一人で抱えるつもりだったのかもしれない。

今にも泣き崩れそうに膝《ひざ》を震わせる彼女に近づく。そして自然と、うなだれるその頭を胸元に抱き込むようにして引き寄せた。

彼女はまだ、成人していない少女なのだ。親元を離れ、嫁ぐはずの最愛の婚約者を失う恐怖に襲われては——

「いいえ、いいえ……！」

大きく首を何度も振る。触れ合う肌から、エミリアーナさんの不安がジワリと侵食してくるようだった。

人語を話す魔物。死を覚悟しているアレクさん。

アレクさんは勝つ見込みのない戦に他人を巻き込むような人ではない。もし自分が魔物と刺し違える決意をしていたとして、しかし他の兵士を巻き込むつもりはないだろう。死ぬとしたら一人で死ぬ道を選ぶ。――〝私〟の知る彼は、そういう人だ。

強力な魔力を持つアルノルトがついている。屈強な兵士たちも多く集まっていることだろう。そして何より、アレク・プラトノヴェナは「ラストブレイブ」――つまり三年後の世界――に登場する。

しかし、このようなイベントは「ラストブレイブ」では誰の口からも語られなかった。ゲーム内には設定されていなかったイベントの可能性が高い。だとすると、今回の魔物との戦いで、誰かが命を落とすやも――

そこまで考えて、私はもう一度大きくかぶりを振った。

（大丈夫。きっと大丈夫……）

アレクさんもアルノルトも、無事に帰ってくる。そうだ、アルノルトは心配するなと言ってくれた。

――その後しばらく、不安を共有するように、お互いに縋り付くように、私とエミリアーナさんはゆるく抱き合っていた。しかし。

（二人だけで思い詰めていてはきっと潰れてしまう……）

そう思いなおし、沈み込んだ気分をなんとか強引に引きずり上げた。

とにかくリフレッシュだ。思い詰めすぎるのはよくない。今は他のことを考えよう。これは逃げではなく、自分たちの心を守るために必要なことだ。

気分転換のためにも、未だ顔色の悪いエミリアーナさんを王都の案内へ連れ出そうと歩き出したのだが。

「ラウラ、エミリアーナさん！　ここにいたのね」

「リナ先輩？」

「カスペルさんが呼んでいるわ」

早々にリナ先輩たちと再会を果たしたかと思うと、そのまま応接室へと案内された。どうやら上司であるカスペルさんがエミリアーナさんを直々に歓迎したいとのことで、私も含め呼び出しがかかったようだった。

王属調合師用に作られた小さな応接室で、カスペルさんと私、そしてエミリアーナさんは対面した。私たちだけではなく、扉のすぐ近くにはチェルシーとリナ先輩も控えている。

「初めまして、エミリアーナ様。私はカスペル・クラーセンと申します」

彼の細められた目は、エミリアーナさんを真っ直ぐ見つめている。

「部屋は宿屋ではなく、王城の客間をお使いください」

カスペルさんの言葉に、エミリアーナさんは大きく頭を下げた。

「歓迎ありがとうございます、カスペル様」

「そんな、様だなんて恐れ多い。カスペルとお呼びください」

いつもの口調はどこへ行ってしまったのやら、カスペルさんの口からすらすら出てくる言葉はとても上品だ。身に纏《まと》っている白衣には皺《しわ》一つないし、心なしかモジャモジャ頭もいつもより控えめのように見える。

「長旅でさぞやお疲れのことでしょう。……リナさん、チェルシーちゃん、お部屋にご案内して」

穏やかな笑みを崩さず、カスペルさんは私たちの後ろに控えていたリナ先輩とチェルシーに声をかけた。するとすかさずリナ先輩はエミリアーナさんの隣に立ち、チェルシーが扉を開ける。

「あ、私も……」

リナ先輩に誘導されて歩き出すエミリアーナさんに続こうとすれば、「ラウラちゃん」とカスペルさんから呼び止められる。

振り返る。その先の笑顔は消えていた。

「聞きたいことがあります」

いくらかトーンの落ちた声に、ぴくりと肩が不随意に揺れた。

聞きたいこと。それは恐らく、いいや確実に、プラトノヴェナの件だろう。

私はぐっと拳を握りこんで足を止めた。その反応を満足げに見つめたカスペルさんは、私の様子を窺《うかが》うようにこちらを見つめるエミリアーナさんに声をかけた。

「ごゆっくりお休みください」

この中では一番慣れ親しんだ人物である私が傍を離れることに不安を覚えたのか、エミリアーナさんは眉根を寄せて私を見つめる。

「後ほどお部屋に伺います」

私がそう言うと、エミリアーナさんは僅《わず》かに目元を緩めて小さく頷《うなず》いた。

リナ先輩に誘導され、彼女は応接室から出て行く。パタン、と扉が閉まる控えめな音が響いた後、三人分の足音がどんどん遠ざかっていった。

足音が遠くなる。そしてほぼほぼ聞こえなくなった頃、カスペルさんは口を開いた。

「お疲れ様っす、ラウラちゃん」

「カスペルさん、聞きたいことって？　プラトノヴェナのことですよね？」

我ながら性急だとは思いつつも、本題の疑問をいきなりぶつける。いささか失礼だったか、と一瞬後悔の念が胸を過《よぎ》ったが、カスペルさんは別段気にしている様子もなく、しかし真剣な表情で言った。

「プラトノヴェナの現状についてっす。……単刀直入にお聞きします。アレク・プラトノヴェナからエミリアーナさんへの伝言を知ってますよね？」

その口調は、私が伝言を知っていると確信しているようだった。

誤魔化す気はさらさらなかったが、上司の前で嘘はつけないだろう、と観念したように体からいくらか力を抜いた。そしてゆっくりと、なるべく正確に記憶を掘り起こしながらアレクさんの手紙に綴《つづ》られていた言葉を伝える。

「アレクさんからエミリアーナさんに宛てられた手紙に、そのようなことが。ただ、手紙を読んだ訳ではなく、エミリアーナさんの口伝えに聞いただけです。直接的な単語はエミリアーナさんの口から語られませんでしたが、アレクさんが自分にプラトノヴェナの未来を託してきたと」

「……アルノルトの推測はほぼほぼ当たりだった、ってことっすね」

ぽつり、とこぼされた言葉に私は首を傾《かし》げた。

アルノルトの推測とはなんだ。

その疑問がまるまる表情に浮かんでいたのか、言葉で直接尋ねずともすぐにカスペルさんは答えを示してくれる。

「アルノルトが数日前、報告書を寄越してきたんす。もっともことプラトノヴェナは距離がありますから、書いたのは恐らくラウラちゃんたちがアネアに滞在していた頃っすかね」

私たちがアネアに滞在していた頃に出した報告書。

私が知る限り、アルノルトはプラトノヴェナが魔物に襲われてすぐ、王都へと遣いをやって報告書を届けさせていた。当然だがそれとは違うものだろう。だとすると、私に手紙を寄越してくれた時に同じく報告書を再び作成、提出していたのかもしれない。私たちが避難し、プラトノヴェナに兵士や魔術師が溢《あふ》れかえるようになってからの報告だろう。

カスペルさんはちらりと私の顔色を窺ってきた。向けられた瞳《ひとみ》に、なんだか嫌な予感がした。

「アルノルトはアレクさんから何も聞かされていないようでした。ただ、なんとなしに——アレクさんが死ぬつもりでいると感じているようっす」

——何も答えられなかった。息も忘れていた。

アレクさんが死ぬつもりでいることは、エミリアーナさんから伝えられた手紙によって分かっていたはずだった。しかしそれでも、今アレクさんの一番近くにいるアルノルトがそのように感じていたという事実に、情けなくも動揺してしまう。

「止められるように立ち回ってみるとのことでした」

その言葉に、は、とようやく息を吐き出す。

アルノルトは優秀な調合師であり魔術師だ。そしてできそうにもないことを無責任に言い出すような人物でもない。

そんな彼が、そのように言ってくれたのは私にとって、そしてエミリアーナさんにとって、紛れもなく救いであった。

いくらか冷静さを取り戻したところでふと思い出す。アレクさんからの伝言の中にもう一つ、報告しなければならないことがあったと。

「あの、人語を話す魔物のことは……」

「最初の報告で聞いてるっす」

「……そうですか」

アルノルトからの手紙を思い出す。彼は私に向けての手紙で、なぜアレクさんがプラトノヴェナに留まるのか未だ分からない、と綴っていた。しかしカスペルさんへの最初の報告で、人語を話す魔物のことについて言及している。つまり私に手紙を書いた時点で、アルノルトは人語を話す魔物のことを知っていたはずだ。

ならばなぜ、アルノルトは人語を話す魔物のことを私に隠し、街に留まる理由がわからないと嘯《うそぶ》いたのか。

忘れてはならないが、アレクさんがあそこまで魔物の襲撃に確信を持っていた理由が、何も人語を話す魔物にそう宣言されたからだとは明らかになっていない。ただ、そう考えれば納得がいくという、私の推測に過ぎない。

それを踏まえた上で、私――あえて悪い言い方をすれば、部外者――には伝える必要のない情報だとアルノルトは判断したのか、それとも、余計な心配をかけまいという気遣いによるものだったのか。

「ラウラちゃん。こんなことを頼むのも気が引けるんすけど……エミリアーナさんのことを頼みます。回復薬の調合に関しては、無理を言って近場の支部から五人アネアに集めたんす、人手は十分足りているっす」

有無を言わせない口調だった。しかしその表情は複雑そうに歪められている。

元々私のプラトノヴェナ行きを反対していたらしいカスペルさんのことだ、今回の件からなるべく私を遠ざけたかったのかもしれない。しかし自惚《うぬぼ》れと言われようと、エミリアーナさんの世話は私が適任のように思う。何も私が彼女の心を開かせた訳ではない。ただ弱っているとき、偶然傍にいただけ。それでもエミリアーナさんは私をそれなりに近しい存在だと思ってくれているはずだ。

カスペルさんの言葉に頷く。すると彼は複雑そうな笑みを見せて、「頼ってください」と弱々しい声音で言った。

「分かりました」

短く答えると、重い足取りで応接室を出る。

様々な情報が頭の中を搔《か》き乱しているが、今はとにかく休みたかった。心身ともに、ここ十日ほどで疲れ切ってしまった。

迷うことなく自分の寮部屋へと向かう。もはや懐かしさすら覚える木の扉を開き、真っ先に目に飛び込んできたのは。

「ラ、ラウラさん、おかえりなさい……！」

どこか恥ずかしげにはにかむ、エミリアーナさんの笑顔だった。その左右にはチェルシーとリナ先輩もいる。

「えっと、ただいま戻りました……？」

まさか寮部屋で出迎えられるとは思ってもみなかったため、戸惑ってしまう。

「どうして三人がここに？」

浮かんだ問いをそのまま素直に投げかければ、リナ先輩がニッと歯を見せるようにして笑った。彼女にしては珍しい笑い方だ。私たちの間に漂う空気を明るくしようと、普段より活発に振る舞っているのかもしれない。

「これからエミリアーナさんの歓迎会をやるからよ！」

「……へっ？」

ぐ、と手首をチェルシーに力強く摑《つか》まれる。そしてそのまま口を挟む暇も与えられずに、気が付けば王都の酒場へと連れていかれた。

「さぁ、始めましょう！」

リナ先輩の掛け声で乾杯をする。そして未だ状況を把握しきれず唖然《あぜん》とする私をよそに、探り探りではあるが、チェルシーたちはエミリアーナさんと雑談を交わし始めた。

「改めて、私はリナ・ベーヴェルシュタム。ラウラとチェルシーの二つ先輩よ」

「アタシはチェルシー・ガウリー！　エミリアーナさん、どうぞよろしく！」

「エ、エミリアーナです。よろしくお願いしますっ」

改めて挨拶《あいさつ》を交わすチェルシーたち。それを私はぼうっと聞いている。

「それじゃあ、エミリアーナちゃん。エミリアーナちゃんはいくつなの？」

「十七歳です」

「――ということは、私より年上なのね」

探り探りの会話は、しかし徐々に和やかなものになっていく。やはり同年代の女子ともなればそれなりに話題は合うし、親近感も覚えやすい。

「出身はどこ？　プラトノヴェナ？」

「いいえ、フラリアです」

「フラリア！　フラリアって素敵な街よね。名物の花畑はもちろん、人も温かい街だわ」

過去を懐かしむように目を眇《すが》めたリナ先輩に、チェルシーが問いかける。

「リナ先輩、フラリアの街に行ったことあるんですか？」

「親が仕事であちこちを飛び回ってて。フラリアに住んでいたのは短い間だったけれど、近所のおばあちゃんにとても良くしてもらったわ」

どうやらリナ先輩の親は前世でいう転勤族だったようだ。

「でも、そっか。フラリア家のお嬢様なのよね？　立派なお屋敷だなぁって外からずっと眺めていた日もあるの。まさかそのお屋敷に住んでいたお嬢様と、こうしてお話できるなんて」

リナ先輩の素直な言葉に、エミリアーナさんはどこか居心地が悪そうに笑った。それによって落ちかけた沈黙に、チェルシーがすかさず声を上げる。

「アタシも行ってみたいなぁ、フラリア。いつ頃がオススメとかありますか？」

「そうですね……。今の時期は、メフィーリエの花が満開でとても綺麗《きれい》ですよ。あと、メフィーリエの花から取れる蜜《みつ》を使ったスイーツは絶品で……。今がまさに、オススメの季節かもしれません」

美しい花に美味《おい》しいスイーツ。女の子が好きなもの。想像するだけでほぅ、と悩ましげな息が口からこぼれてしまいそうだ。

似たような表情をしている同期と先輩を眺めてから、エミリアーナさんの目を見て私は口を開いた。

「お休みの日にでも、みんなで行ってみたいです」

いずれは精霊の飲み水の件で訪ねなければならないが、今は置いておくとして。単純に観光として訪れたい街の一つになった。

「ぜひご案内させてください」

私の言葉にエミリアーナさんは嬉《うれ》しそうに頷く。そして、〝その言葉〟を付け加えた。

「よろしければ、アルノルトさんもご一緒に」

「えぇー！　あんの堅物傲慢《ごうまん》無愛想も⁉」

素早い反応だった。素早すぎて、リナ先輩以外の私たちはびくっと大袈裟《おおげさ》に肩を揺らして驚いてしまう。その後、訳を知る私とチェルシーは顔を見合わせて笑ったが、一方で提案したエミリアーナさんは困惑の表情を浮かべた。

「あ、あの、アルノルトさんにもお世話になったので……。それに以前、アルノルトさんもラウラさんの二つ上というお話をきいたので、リナさんの同期なのかと……」

「同期であって同期ではないわ」

リナ先輩の言葉に、エミリアーナさんはますます困惑したようだった。私は苦笑を深めながら、隣の彼女に「実はちょっとした確執が」と手短に説明した。

以前からリナ先輩にはアルノルト嫌いの気があったが、最近はますます顕著になっているような気がする。その気持ちも分かるものの、以前とは違い彼はいいお兄さんなんですよ、というフォローの言葉が脳裏に浮かんだ。——もっとも、今それを口にするほど空気が読めない人間ではない。

「私もラウラやチェルシーみたいに、可愛《かわい》くて切磋琢磨《せっさたくま》できる同期が欲しかった！」

わぁっと態《わざ》とらしい泣き真似《まね》をして、リナ先輩は机に突っ伏す。エミリアーナさんはそんなリナ先輩にどう声をかけていいものやらとあわあわしていたが、チェルシーは私の目を見ながら苦笑した。若干の呆《あき》れも滲《にじ》んでいる。

その表情からして、今回のようなことをチェルシーの前で言い出すのは初めてではないのかもしれない。私がアルノルトと共に王都を留守にしていた間、チェルシーはリナ先輩からマンツーマンで指導を受けていただろうし、その間に似たような会話を交わしたのだろうか。

チェルシーは浮かべていた苦笑を深めて、それと共に呆れの色を薄れさせていく。それに代わるようにどこか照れたような色を滲ませて、僅《わず》かに視線を下げて言った。

「ラウラはアタシよりずっと優秀だけど、それだけ努力してるし、アタシも頑張らなきゃって思わせてくれる自慢の同期だよ」

突然向けられた褒め言葉に一瞬狼狽《うろた》える。しかしすぐさま口を開いた。

私にとってもチェルシーは、自慢の同期だ。

「そんな、私の方だって！　チェルシーは作業が丁寧だし、何より調合のアイディアがすごいの。すぐ新しい調合方法を思いついて……」

「成功率はまだまだだけどねー」

ふふふ、と顔を見合わせて笑う。こそばゆい気恥ずかしさを感じつつも、心から尊敬しあえる同期に恵まれた幸福をかみしめていた。

「美しき同期愛ねー」

ぽつり、とこぼされた声はリナ先輩のものだ。若干棒読みに聞こえたのは気のせいか。

しかし次の瞬間には覇気のない声から一転、リナ先輩は声を荒らげた。

「アイツなんてね、口を開けば駄目出し、不遜《ふそん》な物言い、興味ゼロの適当な返事、この三つよ！　なーにが最年少王属調合師よ！　勝手に比べられて落とされるこっちの身になってみろっての！

いくら優秀だったとしても、あんな同期いらないわよー！」

最後はもはや悲痛な叫び声だった。かと思うと目の前のグラスをぐいっと呷《あお》り、それをバン！と勢いよく机の上に置く。その一連の行動はまるで、酔っ払いの草臥《くたび》れたおじさんのようで――

「リナ先輩、飲んでません？」

チェルシーと顔を見合わせて笑ってから、先輩のグラスを奪ってその匂いを嗅《か》いだが、アルコールの匂いはしなかった。

肩を竦《すく》めてエミリアーナさんに目線をやれば、彼女は困惑の表情をふっと緩めて、それから遠慮がちにではあるが確かに笑った。

――その後もそれなりに会話は弾んだ。やはり話の中心は歓迎会の主役でもあるエミリアーナさんのこと。

彼女の生まれ、趣味、好きなもの等々、様々なことを聞いた。――ただ一つ、アレクさんのことを除いて。恐らくはリナ先輩たちもそれとなく現状を伝えられているのだろう、私も婚約者の話題を今のエミリアーナさんに振るのは躊躇《ためら》われた。

――歓迎会を終え、解散際、エミリアーナさんは「今日はありがとうございました」とはにかんでくれた。最近では見られなかった、力の抜けた笑みだった。

きっとこれからは、アネアの時よりも穏やかな時間を過ごせるだろう。そう思い、ずっと張っていた気をようやく緩められたような気がした。

***

手元の容器に控えめに口をつける。喉元《のどもと》を通り過ぎたそれは、臭みもなければすっと体に染み渡って行くような感覚を感じて。

——うん、これは。

「完璧《かんぺき》です！」

「本当ですかっ？」

私の言葉に、傍で固唾《かたず》を呑《の》んでこちらを見つめていたエミリアーナさんがぱっと身を乗り出してきた。その勢いに気圧されつつもにっこりと微笑《ほほえ》めば、彼女の表情にぱあっと笑みが広がる。

私が今しがた口にしたのは、エミリアーナさんの作った回復薬だ。

——王都に移動してから、エミリアーナさんはより熱心に調合に取り組むようになった。王城には調合に関する文献が数多く揃《そろ》っているし、私も彼女のために初心者に読みやすいものをいくつかピックアップした。ただ、それだけではなく。

「このメモがすごく分かりやすくて……。ありがとうございます」

エミリアーナさんが胸元に掲げたノートに、私は少しばかり気恥ずかしさを覚える。それは、チェルシーの手を借りて自分なりに調合のポイントをまとめた、ラウラ・アンペール作調合ノートだった。

人に調合を教えるということを意識して初めて、自分がいかに感覚派かを思い知らされた。感覚だけに頼っていては、今後行き詰まることもあるかもしれない。しっかりとした技術と、それを裏付ける知識、根拠がなくては。

チェルシーには私の調合を横で見て、一つ一つの作業の時間を測ってくれるようお願いした。他にも、火の強さや薬草の特徴などは実際に絵に描き起こした。あまりにも細々とした作業だったが、調合は些細《ささい》な力加減一つで効力の引き出し具合が変わってくる、繊細な作業だ。こういった細かな突き詰めは、思えば必須《ひっす》であったはずだった。

私はいつの間にか、自分の才能とやらを過信していたらしい。今回の師匠ごっこ、は私にも大いなる学びをもたらしてくれたように思う。

「いいえ、そんな！　私も改めて勉強になりました。私、本当に感覚派で……曖昧《あいまい》な説明ばっかりだったでしょう」

「いえ！　……いや、あの、少し」

ちらりとこちらを窺《うかが》ってくるエミリアーナさんに、きょとんと目を丸くして——それから笑った。これは、少しどころではなく。

「……だいぶ曖昧な説明ばっかりだったみたいですね」

私の突っ込みに、エミリアーナさんは誤魔化すように微笑んだ。あまりに分かりやすい肯定に、私はとうとう声を抑えずに笑い出す。

（あぁ、やっぱり私に指導者は向いていない）

それと同時に、遠慮がちではあるものの本音を吐露してくれたエミリアーナさんに、勝手に距離が近づいたように思えて嬉しくなる。

エミリアーナさんにも自分の回復薬を飲むように勧めた。すると彼女は何の躊躇いも見せずに容器を呷ろうとして――その瞬間、扉が乱暴に叩《たた》かれた。

「エミリアーナ様！」

はぁ、はぁ、と息を切らして男性が調合室に転がり込んでくる。その人は王都の気候には少しばかりそぐわない厚着をしており――プラトノヴェナからの使者だと、一目見てわかった。

――先程までの和やかな空気が、一瞬にして張り詰める。

彼は手元に丸められた一枚の羊皮紙を持っていた。そしてそれを言葉もなく――正確には、相応《ふさわ》しい言葉が見つからず沈黙になってしまったように見えた――こちらに差し出してくる。その頬は、僅かに紅潮していた。

エミリアーナさんを見やる。彼女は足がすくんでしまったのか、男性を見つめつつその場から一歩も動けないでいた。

覚悟を決めて、一歩踏み出した。そして羊皮紙を受け取り、丸まっていたそれを開く。

――それは、プラトノヴェナで勃発《ぼっぱつ》した魔物との戦いの報告書だった。

報告書によると、魔物の討伐は完了したようだ。また、この知らせが私たちの許に届いているということは、戦場となったプラトノヴェナもある程度落ち着いてきているのだろう。

戦いによる死者は二十一名。戦闘の規模はまだ分からないためその損失が思いの外大きいのか小さいのか判断しかねるが、二十一名もの尊い命が失われてしまった事実はあまりにも重い。

脳裏に浮かんだのは、プラトノヴェナで私が治療した多くの人々。あの人々の中に、今回亡くなった方の親族や友人がいたのではないかと思うと、胸が締め付けられるような思いだった。救えた命と、救えなかった命。もし、この名簿の中に見知った名前があれば、私も――

ぐっと拳《こぶし》を握りしめた。知らず知らず浅くなってしまった息を整えようと瞼《まぶた》を伏せ、深く呼吸を整える。そして意を決して名簿の中に〝その名〟がないか血眼で探し始めた。どうか見つからないでくれと天に祈りながら、文字を追う。

ベンヤミン・チェピク。

ナディア・モロリア。

セレスタン・バンチェロー。

バルドゥーイン・ホールリー。

イヴェット・ヴォーレイ――……。

――あぁ、神様。

天を仰ぐ。腹の底から熱い何かがせり上がってくるようで、とっさに手で口元を押さえる。しかしそれがこぼれ出たのは、口からではなく瞳《ひとみ》からだった。

――アレク・プラトノヴェナの名前も、アルノルト・ロコの名も、そこには、なかった。

振り返って、微笑んだ。そして大きく頷《うなず》く。

エミリアーナさんは私の表情から全てを察したのか、私に応えるように微笑んで、しかしすぐにその眦《まなじり》に涙を浮かべた。その涙の勢いはぽろぽろ、なんて可愛らしいものではなく、ぼろぼろと壊れた蛇口のようで。

私は思わず駆け寄る。そして震える肩を抱きしめた。

05：魔物の角

アルノルトたちの無事を知ってから数日。アルノルトはいつもと変わらぬすました顔で王都へと帰ってきた。

エミリアーナさんは知らせを受けたその日のうちにプラトノヴェナへと発《た》った。アレクさんは無事なようだが、どうやら身動きが取れないほどの重傷を負っているらしい。その報告を聞いた時は一瞬ドキリとしたが、生きていることは確かだ。それだけで十分であり、命は何にも代えられない。

昼過ぎにアルノルトは王都に到着した。到着したその足でお偉い方々への報告を行ったらしく、私が彼と再会を果たしたのは日が沈み始めた夕方頃だった。

——なんと驚くべきことに、彼の方から私に与えられた調合室へやってきたのだ。

アルノルトの帰還の日、余計なことを考えないようにとどこか緊張を抱えながらも一心不乱に調合を行っていた私の耳に、扉が開かれる音が聞こえた。その音に誘われるように振り返れば、いつもと何一つ変わらないアルノルトがそこに立っていて。

ただ彼は、いつもの白衣ではなく鎧《よろい》を身にまとっていた。白衣と比べれば、当たり前だが物々しい雰囲気を感じさせるそれは、しかし強力な魔物を前にすると考えれば些《いささ》か頼りなさを覚えてしまう。それと、もう一つ。眼鏡《めがね》をかけていなかった。

「アルノルトさん……！」

するり、と口からこぼれ出たのは彼の名前だ。

それには何の反応も示さず、しかしアルノルトはこちらに数歩歩み寄ってきた。

無事だったのだ。回復薬のおかげか、目立った傷も見られない。足も引きずっていない。――無事、だ。

わかってはいたことだが、自分の目でこうして確かめると改めてほっとする。

アルノルトの無事を実感したその後、脳裏に浮かんできたのは若き領主の姿だ。

「ア、アレクさんは……」

私の問いは予想通りだったのか、すかさず端的な言葉で返事がもたらされた。

「両足を失ったが生きている」

――両足を失った。

無事を喜ぶべきなのに、その言葉がぐわんぐわんと脳みそを揺さぶった。

「ラストブレイブ」に登場したアレク・プラトノヴェナは健康な、勇敢な男だった。そう覚えていたからこそ、無事の知らせをうけ、それと共に彼が身動きもとれない怪我《けが》を負っていると知らされた際、ドキリとしたのだ。

回復薬はそれなりの怪我であれば一瞬で、痕も残さず治すことができる。ヴェイクの右目のように体の組織自体が死んでしまってはどうしようもないが、深くとも切り傷であればある程度まで治癒できるはずだった。

それが叶《かな》わず、アレクは身動きがとれない状況にある。

——少し考えを巡らせれば、推測できることであった。しかし私の脳は、それを拒否した。

「エミリアーナさんから話を聞いていたのか」

その言葉に小さく頷く。アルノルトはそうか、と吐息混じりの相槌《あいづち》をうつだけだった。

——両足を失ったアレク・プラトノヴェナ。それは「ラストブレイブ」との相違に他ならなかった。

思わぬ展開だ。思ってもみなかった。まさかこういった形で、ゲームとこの世界との相違点が生まれるとは。

けれど、と思う。アレクさんは生きていた。それだけで十分ではないか、と。

おそらくは今頃、エミリアーナさんは婚約者との再会を喜んでいるだろう。その美しい光景が脳裏に浮かんで、私はそっと息をついた。大丈夫、この世界でも彼らは幸せになる。

目の前のアルノルトを見上げた。ぱちりと目があった瞬間、私は「それ」を思い出した。

「人語を話す魔物がいた、と……」

アレクさんからの手紙に書いてあった事実。それは私の胸の内に、依然黒い靄《もや》のように漂っていた。

「お前には伝えていなかったが……それも聞いたのか」

私の言葉に僅《わず》かに目を見張ったアルノルトだったが、すぐに苦虫《にがむし》を噛《か》み潰したような表情を浮かべる。しかし——その表情のままではあるが——アルノルトは特に勿体《もったい》ぶることもなく、答えてくれた。

「あぁ。どうやらその魔物が前回撤退を指示したようだ。そのとき、プラトノヴェナを落とすと宣言されたらしい。……だからアレクさんは魔物襲撃を確信していた」

私の推測は間違っていなかったようだ。アレクさんは人語を話す魔物に、あの日宣戦布告されたのだ。

「ラストブレイブ」の設定通り、その魔物は周りより頭一つ抜けて強く、凶暴だったのだろうか。その魔物によって、幾人の兵士たちの命は奪われたのだろうか。

答えは分かっているのに、自然とその問いは私の口から飛び出ていた。

「た、倒せたんですか?」

「だから今、生きてここに立っている」

凛《りん》とした声でアルノルトは言う。当たり前だろ、というような意味合いが含まれているような言葉が、何よりも私を安心させてくれた。

ようやく肩から力が抜ける。アレクさんの怪我をはじめとして、気にかかることはまだ残されているが、ひとまず今回の件はこれで一段落だろうか――そう思った、瞬間だった。

「……ただ、死ぬ間際に、その魔物が言った言葉がどうも引っかかる」

思わぬ言葉が鼓膜を揺らした。

死ぬ間際に魔物が放った言葉。それを聞いて、嫌な予感が背筋を駆け抜けた。魔物が放った最期《さいご》の言葉――遺言を、私には想像できてしまった。

ぎゅうと拳を握りしめる。続きを催促するように見上げると、アルノルトは声を潜めてこう続けた。

「あの方の復活はすぐ目の前に、と」

私は自分でも気がつかないうちに、唇に歪《いびつ》な笑みを浮かべていた。それに気づき、目の前の彼に見咎《みとが》められる前にと慌てて俯《うつむ》く。

ああ、笑ってしまう。だってこんなの、あまりにもお約束すぎる。王道なんてものじゃない。陳腐だ。そういえば、「ラストブレイブ」は一部の人からそう批判されていた。——展開があまりに陳腐すぎる、と。

「……そう、ですか。どういう意味なんでしょうね……」

そう言うのが精一杯だった。

私の様子がおかしいことに機敏に気づいたのか、アルノルトが僅かに首を傾《かし》げて顔を覗《のぞ》き込んでくる。私は誤魔化すように微笑《ほほえ》んだ。

「ご無事で、よかった」

——紛れもない、本心だった。本心だったはずなのに、私はその言葉を誤魔化しに使ってしまった。

黒の瞳が見開かれる。数度、何か言葉を発しようとしたのか唇が薄く開かれたが、彼の耳触りのよい声が私の鼓膜を揺らすことはなかった。

しばらくの沈黙。それを破ったのはアルノルトだった。

「カスペルさんから呼び出しがかかっているから、俺は行く。……また後程、別件で訪ねる」

早口でまくし立てると、アルノルトは私の調合部屋から出ていった。

また後でここを訪ねてくるとの言葉が気にかかったが、それ以上に、魔物の遺言に心をかき乱される。

——あの方の復活はすぐ目の前に。

間違いなく、あの方とは数年後、この世界を脅かす元凶・魔王だ。現在、水面下で復活のために力を蓄えているのだろうか。最近の魔物襲撃は、魔王復活の前兆によるものか。

なんとなしに察してはいた事実だったが、こうもはっきりと突きつけられると動揺してしまう。

——あの方の復活はすぐ目の前に。

「ラストブレイブ」の魔王の復活は、物語の中盤だ。魔王復活を目論《もくろ》む魔物の中にも序列があり、いわゆる幹部と呼ばれるような立場にいる魔物は比較的人型に近い姿で、人語を巧みに操っていた。

序盤から中盤までは彼ら、魔王軍幹部との戦いが主となる。しかし次第に彼らの真の目的が魔王復活であると分かり、中盤、まさに復活の刻《とき》を迎えようとしている魔王を再び封印するべく、勇者たちは魔王の座へと赴く。そこで数多《あまた》の魔物と戦い——一歩及ばず、目の前で魔王が復活してしまうのだ。

復活後の魔王はしばらく、勇者たちの目から逃れるために、また、復活したばかりで不安定な体をできるだけ休ませるために、人間の体を乗っ取って各地に現れる。魔王を人の体から追い出すためには、ヒロインである古代種の少女が持つ、聖なる力が必要で――

はた、と窓の外を見やると、すっかり日が暮れていた。先ほどまではまだ辛うじて太陽が顔を覗かせていたのに、一体どれだけぼうっと物思いにふけっていたのだろう。

もう研修の終了時間はとうに過ぎている。もしかするとチェルシーを心配させてしまっているかもしれない。私は慌てて後片付けに取り掛かりはじめた――その瞬間。扉が素早くノックされた。

こんな時間に、一体誰が。

一瞬不審に思ったが、そういえば、と思い出す。アルノルトが去り際、再び訪れると言っていた。

「俺だ、アルノルトだ」

扉越しの声に、私は慌てて駆け寄った。そして扉をゆっくりと開く。するとそこには、両の手で木箱を抱きかかえるようにして持つアルノルトが立っていた。先ほどとは違い、見慣れた白衣を身にまとっている。

「アルノルトさん、それは一体……?」

「とりあえず入れてくれ」

そう言うなり、アルノルトは扉の隙間から体を滑り込ませた。そして我が物顔で調合室に立ち入ると、抱えていた木箱を調合台の上に置く。

思いもよらない、それも若干不躾《ぶしつけ》な行動に私は呆気《あっけ》にとられてその場に立ち尽くす。そんな私を見たアルノルトは、木箱を机に置くことで空いた右手で、ちょいちょい、と私を手招いた。

まるでペットか何かでも呼び寄せるような行動に、流石《さすが》の私もむっと眉根《まゆね》にシワを寄せる。しかし目の前の男が私の機嫌を気にも留めないことは見ずともわかる。ここは自分が折れるしかないと小さくため息をつき、彼の許へ駆け寄った。

傍に立つと、アルノルトは木箱の蓋《ふた》をあけた。すると木箱の中には更にひと回り小さな木箱が入っており、その蓋を開ければひんやりとした冷気がわずかに漂ってくる。

中を覗き込む。そこには、氷漬けにされた「何か」が入っていた。

「これは……？」

「言葉を話していた魔物の角だ」

目を凝らす。すると、氷漬けにされていたのは太く長い魔物の角だということが分かった。禍々《まがまが》しい色をした角。それには見覚えがあった。たしか、これは――

「これって……アルノルトさんが仰っていた、プラトノヴェナ地方の伝承に登場する魔物の角に似てませんか？」

問いかけに、アルノルトは僅かに眉《まゆ》をあげて頷《うなず》いてみせた。私の言葉に満足したような素ぶりだった。

「あぁ、よく似ていた。毛の色や角の色は異なっていたがな」

似たようなデザインをしているが、配色が違う。なるほど時折ＲＰＧで見られるデザインだ。実際「ラストブレイブ」でも、序盤の雑魚《ざこ》敵の色違いが終盤、それなりに強い魔物として登場した。配色が違うだけだが名前も異なり、全く別の個体とされていたはずだ。

それと似たようなパターンで、今回伝承で語られていた魔物と人語を話す魔物は酷似していたのだろう。煎《せん》じて飲めばどんな難病でも治すという角を持つ魔物。まさか今回その存在に近づくとは思わなかった。若干のご都合主義展開を感じさせるのは、これが神様《スタッフ》によって仕組まれたイベントだからなのか。

何はともあれ、エルヴィーラの治療に近づく貴重なものかもしれない。くだらない考えは捨て、まじまじと角を見つめた。

「調合を頼んでもいいか」

突如として落とされた言葉に、私は固まる。

――この角を、調合する？

当然だが、このままエルヴィーラに与えることはできない。どうにかこうにか調合して、回復効力が本当にあるのならば、その効力を引き出さなければならない。もちろん、この角に回復効力がないことも十分あり得るだろう。それを確認するためにも、調合してエルヴィーラに飲んでもらうのが一番だ。

分かってはいる。理解してはいる。しかし突然「調合してくれ」などと言われ、動揺しないでいられるほど、私は決意が固まっていなかった。

「で、でも、無駄にしちゃったら……」

「無駄になることはない。効力が思うように出なければ、この魔物の角は使えないということが分かる。立派な前進だ」

迷いのない口調でアルノルトは言い切る。

「もちろん俺や師匠も調合する。調合方法を被らせたくはないから、調合の記録はしっかりととって報告してくれ。あとはお前の思うまま、自由に調合してほしい」

じっと黒い瞳《ひとみ》に真正面から見つめられた。その表情も、いつもよりいくらか硬い声音も、私が断ることをよしとしていないように感じて。

そもそもここで断ってしまっては、私の決意は偽物だったのかという話になる。エルヴィーラを救い、ひいては世界を救う手助けをするのだと決めたではないか。

生唾《なまつば》を飲み込む。そして、

「わ、分かりました」

かろうじて頷いた。

私の答えに、アルノルトはわずかに目元を緩めた。緩めたと言うより、こわばっていた表情筋からいくらか力を抜いた、という表現が正確だろう。

「調合したいときは声をかけてくれ」

そう落ち着いた声で言って、アルノルトは木箱の蓋を閉じた。そして再び抱えると、扉へと歩いていく。

とにかく、まずは何パターンか調合方法を考えてみよう。無難に回復効力を発揮するものから、状態異常を回復するもの、一つぐらいは異質な方法を試してみてもいいかもしれない。

アルノルトの揺れる白衣の裾《すそ》を視界に捉《とら》えながら、ぐるぐるとまとまらない考えを巡らせていた

ときだった。不意に白衣の裾がなびいたかと思いきや、彼はこちらを振り返った。そして、

「近いうちにエルヴィーラが王都に来る。そのときにはよろしく頼む」

扉を背にして、言った。

――え。

私が驚きに顔を上げた先にはもうアルノルトはおらず、パタンと控えめな音を立てて扉が閉まる。

一人残された私は、ぽかん、と口を半開きにしてその場に立ち尽くした。

エルヴィーラが、王都に来る？　エルヴィーラとは、あのエルヴィーラか。未来の英雄であり、アルノルトの妹であり、自壊病を患っている、エルヴィーラ・ロコか。

――やっと、多少は落ち着けると思ったのに。

明日からまた忙《せわ》しない日々が始まる予感――どころではない確信に、私は大きくため息をついた。

一度エメの村に帰省しようと思っていたのに、どうやらそれは叶《かな》わなそうだ。

06：エルヴィーラ・ロコ

風の気持ちいいよく晴れた日だった。

――私は今日、とうとうエルヴィーラと対面する。

アルノルトが魔物の角を手に入れてすぐ、実家のエルヴィーラを王都に呼び寄せたらしい。魔物の角は未知の調合材料であるため――アルノルトも私も扱ったことがない――万が一、時間の経過によって効力が低下しては悔やんでも悔やみきれない、と急いだのだろう。アルノルトが王都に帰ってきてからそう日をおかずに、今日という日はやってきた。

（とうとうエルヴィーラと……）

今日一日、ずっと落ち着かなかった。教育係であるアルノルトが多忙なため、一人で調合を行うよう指示を受けたのだが、調合をしようにもついぼうっとしてしまい、薬草をいくつか無駄にしてしまったのだ。それからは早々に座学に切り替えた。魔物の角の調合法をどうにかこうにか編み出すためだ。

見習いから助手になって、教育係がいなくとも一人で調合を行えるようになった。それに、一番小さい調合室を私用にと割り振られている。この部屋は私の作業部屋——いわば、城だ。

終業のチャイムが鳴る少し前、部屋の扉が叩《たた》かれた。扉を叩いた人物には心当たりしかない。アルノルトだ。

扉を開ければ予想通り、黒の瞳が私を見下ろした。しかし予想とは違い、その表情はどこか険しい。愛しの妹と会うのだから、てっきり穏やかな顔をしているとばかり思っていたが——

「師匠がエルヴィーラの付き添いで来ている。顔を見せてやってくれないか」

ため息混じりに落とされたその言葉に、アルノルトの表情の訳を悟った。

アルノルトの師匠。緑の長い髪を持った、とてもとても美しい女性——メルツェーデスさん！

私に王属調合師の道を明確に示してくれた人だ。そして彼女と私は同じ師匠を持つ、兄弟弟子という関係でもある。

優しい笑顔を思い出して、期待に自分の頬が赤らむのを感じた。久しぶりにメルツェーデスさんと会えるなんて、思わぬ展開だ。

「こちらこそ、ぜひお会いしたいです！」

大きく頷けば、アルノルトは深いため息でそれに応えた。

アルノルトについて王城を出る。城門の前にその人はいた。しかしその傍に他の人影——エルヴィーラと思われる姿は見られない。宿屋に預けているのだろうか。

風に揺れる長い髪に、そして整った美しい横顔に見惚《みと》れていると、不意にその顔がこちらを向く。

宝石のようにキラキラと輝く赤の瞳がにっこりと細められた。

「ラウラちゃん！」

「メルツェーデスさん、お久しぶりです！」

久しぶりに会ったメルツェーデスさんは、相変わらず老いを感じさせない美しい女性だった。最後に会ったのは確か、アルノルトの試験に同行した時であるから——今から二年ほど前になる。

メルツェーデスさんは私の両頰をふわりと手のひらで包み込むと、まじまじと見つめてきた。

「あらあらまぁまぁ、美人さんになったわねぇ！　……ねぇ、アルノルト？」

「……エルヴィーラは今どこにいる」

ニヤニヤとアルノルトの小脇を肘《ひじ》でつつくメルツェーデスさん。そんな師匠を胡乱《うろん》な目で睨《にら》みつけるアルノルト。以前から思っていたことではあるが、アルノルトのメルツェーデスさんに対する態度は、師匠に対するそれとは思えない。

しかしメルツェーデスさんは失礼な弟子の態度を特に咎《とが》める訳でもなく、それどころかいつものことのようにはぁ、と態《わざ》とらしく呆《あき》れてみせた。

「久しぶりのお師匠様に挨拶《あいさつ》もないのかしら？　……宿屋よ。長旅で疲れちゃったようだから、オリヴェルに見てもらってるわ」

オリヴェル。不満げな口調でメルツェーデスさんの口から飛び出た名前に、私は僅《わず》かに目を丸くする。

シュヴァリア騎士団の副団長と同じ名前だ。同じ名前の他人か、もしくは同一人物か。私には判断しかねたが、もし同一人物だとしたら一体どういった繫《つな》がりがあるのだろう。

脳裏に私の知っているオリヴェルさんの姿を思い浮かべる。淡いパステルグリーンの髪に、エルフの証である尖《とが》った耳。見下ろしてくる瞳の色は――

そこではたと思い至る。

メルツェーデスさんと容姿の特徴がよく似ている、と。

「あの子を呼び寄せて、こうしてラウラちゃんと会わせるってことは……お願いしたのね？」

アルノルトは頷くことはせず、しかし目線を僅かに伏せた。そして私をちらりと一瞥《いちべつ》する。目が合ったのはほんの一瞬だった。

アルノルトが私にお願いしたこと。それはエルヴィーラの件だろう。当たり前というべきか、師匠であるメルツェーデスさんはエルヴィーラのことを知っているようだ。

「ラウラちゃん、見返りは求めた？」

「へっ？」

「あなた、相当困難なことに巻き込まれそうになってるのよ。見返りの一つや二つ、もらわないと割に合わないわ！」

思わぬ言葉に私は思わず苦笑しかけて――メルツェーデスさんの真剣な瞳に上がりかけた口角をとめた。

エルヴィーラを助けることは、ひいてはこの世界を救うことになる。それを考えれば見返りを求めるなんて、思いもしなかった。

しかし馬鹿正直にその理由を告げる訳にはいかず、

「い、いえ、そんな見返りなんて……。調合師の端くれとして、エルヴィーラちゃんの助けになれたらと……」

綺麗事《きれいごと》に包んだ誤魔化し半分、しかし確かな本心半分、その言葉を口にした。

数年後、この世界の人々の命を背負って戦う英雄たちに私ができる手助け。それは回復薬の調合と、エルヴィーラの件。私はこの世界にとってただの端役でしかないが、この世界のために、そして大切な人々のためにできる限りの事はしたい。

目の前の赤の瞳が大きく見開かれる。しかしすぐに三日月型に細められた。

不意にふわり、と鼻孔を甘やかな香りが刺激する。メルツェーデスさんによく似合う、花のような香りだった。

「ラウラちゃんがこの馬鹿弟子の傍にいてくれてよかったわ」

慈愛に満ちた表情、優しさに溢《あふ》れた声音、甘やかな香り。なぜだろう、母親に甘やかされているような気分だった。

「アルノルトの師匠である私からもお願いします。どうかアルノルトに、そしてエルヴィーラに力を貸してください」

深く頭を下げられる。気がつけば、私は頷《うなず》いていた。

きっとメルツェーデスさんにとって、弟子であるアルノルトはもちろん、エルヴィーラもとても大切な存在なのだろう、と何の根拠もないが分かった。一体どういった経緯で彼女がアルノルトの師匠になったのかは知らない。しかし、彼らの間には、師弟以上の絆《きずな》――喩《たと》えるならば、血縁のような濃い絆があるように私には思えた。

メルツェーデスさんもアルノルトも、そしてエルヴィーラもエルフだ。同じ種族にしか分からない、同じ種族にしか入り込めない絆もあるのかもしれない。

「でもアルノルト、あなた、近いうちにラウラちゃんを休ませてあげなさいよ。プラトノヴェナに出張してから働きづめでしょう」

メルツェーデスさんは私の両頬から手のひらを離すと、びしっとアルノルトの鼻先に指先を突きつけた。アルノルトはすぐさまその手を乱暴に振り払う。

「それは今カスペルさんに掛け合っている。近々長期の休暇をやれるはずだ」

それは初耳だ。

私は思わずアルノルトを見やる。すると彼は目の前の師匠にげっそりとした顔をして、それでもこちらを見て頷いてくれた。

確かにプラトノヴェナに発《た》ってから、まともな休みをもらっていない。アネアでの避難生活は今思えば休暇とも言えるような日々だったが、常に気を張っており心身ともに休まるという状況ではなかった。

長期の休暇。どれくらいの日数かは分からないが、とりあえずはエメの村には絶対に帰省しよう、と固く心に決めた。

「さぁ、行きましょうか」

メルツェーデスさんの言葉に、私たちは歩き出そうとしたのだが。

「ああ、アルノルト殿！　こちらにいらっしゃったのですね！」

アルノルトを呼び止める見知らぬ声に、三人揃《そろ》って足を止めた。

振り返れば、ローブを身にまとった男性がアルノルトに向かって走り寄ってくるところだった。恰好《かっこう》からして学者か、それとも魔術師か。

「どうしました」

「お出かけのところ申し訳ない。アルノルト殿が図書館から借りている文献が、今どうしても必要で……」

どうやら彼は、アルノルトが所持している文献に用があるらしい。それも、それなりに急用で。

アルノルトは一瞬こちらを見やると、

「先に行っていてくれ」

そう端的に言い残し、男性を連れて再び王城へと戻っていった。

残された私とメルツェーデスさんは顔を見合わせて、それから笑い合う。

「それじゃあ、二人で行きましょうか」

メルツェーデスさんの笑い交じりの提案に頷く。すると彼女は自然な動作で私の右手をとって歩き始めた。こうして他人と手を繋いで歩くのは、なんだか久しぶりのように思える。

「ラウラちゃん、王城での暮らしはどう？」

「ようやく慣れてきたところです。色々ありましたし……」

「話を聞いただけだけれど、色々なことに巻き込まれているみたいね。でもラウラちゃん、王属調合師助手になったんでしょう？　天才少女が現れたって、調合師業界でも有名よ」

「ちょ、調合師業界？」

「ふふふ、私の周りではってこと。本当にすごいわ」

真っ直ぐなお褒めの言葉に、曖昧《あいまい》に微笑《ほほえ》むことしかできない。ここで謙遜《けんそん》しても嫌味だろう。

「アルノルトとはうまくやってる？　あの子、迷惑かけてない？」

「いえ、そんな……。助けられてばかりで」

「あら、本当？　何かあったら私に教えてね。お師匠様としてガツン！　と言ってやるから」

任せなさい、と言うように胸元を叩いたメルツェーデスさんに、私は「はい」と頷く。過度に子ども扱いをせず、こちらに歩み寄ってくれるメルツェーデスさんとの会話は、とても心地よかった。

「――ああほら、そこの宿屋よ」

心地よい会話に身を委ねていたら、あっという間にエルヴィーラが待つ宿屋の前へと到着していたらしい。ぐっと体が緊張から強張るのを感じつつも、手を引かれるまま宿屋に入った。

「二階の部屋よ」

繋いだ手をぎゅっと強く握りしめつつメルツェーデスさんは囁《ささや》いた。彼女を見やれば、私を安心させるように柔く微笑んでいる。

私が緊張していることなんて、傍から見て明らかなのだろう。

階段を上り、ある扉の前でメルツェーデスさんは足を止める。それから一度確認するようにこちらを見た。それに弱々しい頷きで応えると、扉が開かれる。

「エルヴィーラ、オリヴェル、入るわよ」
――扉の先に、〝彼女〟はいた
メルツェーデスさんに手を引かれ、足を踏み入れたその部屋にいたのは、私が知るオリヴェルさんと、もう一人。黒い髪の小さな女の子だった。

――ああ、彼女がエルヴィーラだ。


どくん、と心臓が大きく鼓動を刻む。

女の子はベッドに腰掛けていたが、メルツェーデスさんの顔を見るなりこちらに駆け寄って来た。そしてメルツェーデスさんの衣服をぎゅっと握り込み、傍に立つ私を見上げる。

突然部屋にやってきた見知らぬ人間を警戒しているようだった。

「は、初めまして、エルヴィーラちゃん。私はラウラ・アンペールといいます」

にっこりと微笑んで、できるだけエルヴィーラの警戒を解こうと試みる。

じっとこちらを見上げてくる黒く、つり上がった瞳《ひとみ》。〝私〟が知るエルヴィーラよりずっと幼い。しかし一目見て、彼女が未来の英雄だと分かった。難病に侵されているとは思えないほど、強い意志を持った瞳をしていた。

未来の英雄との出会いに、心なしか興奮している。エルヴィーラは特にお気に入りのパーティーメンバーだったのだ。彼女の魔法に何度助けられたことか！

口は固く閉ざした状態で、ただ見上げてくる黒の瞳に感じてしまった居心地の悪さを解消するためにも、私はしゃがみこんでエルヴィーラと目線を合わせた。そして友好の気持ちを分かりやすく表そうと、右手を差し出す。

「あ、あなたのお兄さんの、後輩です。お兄さんにはいつもお世話になってます」

尚も見つめられる。口元が緩む様子もない。突き刺さる視線に気圧されつつ、それでも笑顔は崩さなかった。

そんな私に警戒心を解いた——ということはないのだろう。メルツェーデスさんに「ご挨拶は？」と促されて、ようやくエルヴィーラは口を開いた。

「エルヴィーラ」

それも、名前だけ口にするとふいとそっぽを向かれてしまう。それきりこちらを見てくれもしなかった。

確かにエルヴィーラは愛想がいいとは言えないキャラクターだった。特に序盤の彼女は自分の才能に驕《おご》った部分があり、主人公である勇者にも上から目線であれこれものを言うのだ。

「こーら、エルヴィーラ？　そんなところまで、お兄さんに似なくていいのよ」

エルヴィーラを抱き上げて、小さく可愛らしい鼻にぐりぐりと指を擦《こす》り付けるメルツェーデスさん。その指先を煩わしそうに小さな手で払ったエルヴィーラの表情は、先程、同じくメルツェーデスさんの手を払ったアルノルトによく似ていた。

「ごめんなさいね、兄妹揃《そろ》って愛想がなくて」

メルツェーデスさんは苦笑してエルヴィーラの代わりに、というように謝ってくる。それに私もまた苦笑を返すことしかできない。

ラストブレイブの主人公であるルカーシュも、エルヴィーラとしっかり心を通わせることができたのは中盤以降だ。あえて悪い言い方をすれば、クセのあるキャラクターであるエルヴィーラと一日二日で仲良くなれるはずもないと分かってはいたが――

「ラウラさん、よろしければミルクでもどうぞ」

「……あ、オリヴェルさん。ありがとうございます」

不意に背後から飲み物を差し出してくれた男性は、シュヴァリア騎士団副団長オリヴェルさんその人だった。メルツェーデスさんが先ほど言っていた〝オリヴェル〟とは、どうやら彼のことで間違いなさそうだ。

「あの、お二人ってごきょうだいなんですか?」

「ええ、双子なの」

さらっと首肯されて、私は驚きに目を丸くする。とても良く似ているが、まさか双子とは。

私の様子にオリヴェルさんはどこか申し訳なさそうに眉根《まゆね》を寄せて微笑んだ。

「そういえば、カスペル殿から紹介された時にきちんと姓まで名乗っていませんでしたね。とんだご無礼を。改めまして……オリヴェル・ブルームと申します」

「ちなみに私の方が姉よ。ほんの数分だけれどね」

オリヴェルさんの隣に並んで、メルツェーデスさんは態《わざ》とらしく弟と顔を近づける。こうしてみると、なぜ二人の間の血の繋《つな》がりを察せなかったのかと思うぐらい瓜二《うりふた》つだった。

「アルノルト殿と同じく、調合師助手になられたんですね。素晴らしいです」

「いえ、そんな……」

咄嗟《とっさ》の謙遜の言葉。うまく言葉を続けられず落ちた沈黙に、私の頭の中で一つの考えが脳裏を過《よぎ》った。

副団長のオリヴェルさんならば知っているはずだ。――ヴェイクの今を。

聞いていいものかと悩んだ。しかし多くの人物の面会を拒絶しているらしい彼の噂は全く私の許まで届いてこない。怪我は治ったこと、ただ右目の視力は失ったこと、それだけだ。

けれど、オリヴェルさんならば。

私は俯《うつむ》きかけていた顔を勢いよくあげた。そして。

「あ、あの！　ヴェイクさんは……」

「山に篭《こも》って鍛え直してますよ。随分と体が鈍《なま》ったって。……大丈夫、もうすっかり元気です」

私の心の内の不安を全て見透かしたようにオリヴェルさんは優しく微笑む。その笑みに、そしてオリヴェルさんの答えに、自然と肩から力が抜けた。

山に篭って鍛え直している。なるほど豪傑なヴェイクらしい行動だった。

ほっと息をついた瞬間、背後で勢いよく扉の開く音がした。

「――エルヴィーラ」

「お兄ちゃん！」

目の前の幼い顔に浮かんだ笑み。聞きなれた声。アルノルトがやってきたのだと振り返らずとも分かった。

エルヴィーラはメルツェーデスさんの許を離れ、私の傍を通り、部屋の入口へと駆けていく。彼女の背を追うように私も振り返れば、そこには今まさに妹を抱き上げようとしているアルノルトがいた。

黒い髪。黒い瞳。尖《とが》った耳。共通する容姿の特徴。ああ、ロコ兄妹だ。なぜだか少し感動した。

「元気にしてたか、エル？」

（わ、笑ってる……）

見たこともない、柔らかな笑顔だった。心から妹を慈しんでいるのだと分かる、良い兄の表情だ。思わずまじまじとアルノルトの横顔を見つめてしまう。自分に向けられる不躾《ぶしつけ》な視線に気づいたのか、彼はすっと口角を落としてこちらを向いた。

「挨拶《あいさつ》はしたのか？」

「は、はい、一応……。ね、エルヴィーラちゃん？」

ぱちりと確かに一度合ったはずの視線が逸らされる。それはあまりにあからさまな態度だった。私としてはただ挨拶をしただけなのだが、何か彼女の気に障るような言動をしてしまったのだろうか。人見知り、と形容するにはあまりに警戒心が表に溢《あふ》れ出ている。

妹と後輩の間にあまりよくない空気を感じ取ったのか、アルノルトは探るような瞳を一瞬こちらに向けて、それから口を開いた。

「エル、彼女は俺の後輩だ。ラウラ・アンペールという」

「しらない。エルには関係ないもん。なんでお兄ちゃんのコウハイが、エルに会いにくるの？」

「これから世話になるからだ」

「……せわになるって？」

「エルの痛みを和らげようと、俺に力を貸してくれるんだ」

兄の言葉に、エルヴィーラはひどく傷ついたような表情をした。そして声を荒らげる。

「それはお兄ちゃんがやってくれるんでしょ⁉　他の人なんていらない！」

わぁっ、とアルノルトの肩に顔を埋《うず》めてエルヴィーラは泣き出してしまう。アルノルトは戸惑ったように僅《わず》かに眉根を寄せて、それから妹の頭を優しく撫《な》でた。その際エルヴィーラを落ち着かせるように、背中をぽんぽんとゆっくり叩《たた》いている。

目の前で繰り広げられる光景だけ切り取って見ると、兄妹愛の象徴のような美しい光景だ。しかし、その背景を顧みると——正直どうしていいか分からない。

エルヴィーラは私を快く思っていない。詳しい理由は分からないにしろ、それは紛れもない事実だ。ただ人見知りが激しいだけならば良いのだが、生理的に無理だなどと言われてしまっては困る。今後は回復薬のことで度々会うだろうし——

ぐるぐると考えを巡らせる私の肩に、ぽん、と手が置かれた。突然のことに弾かれたように振り返ると、そこには申し訳なさそうに苦笑するメルツェーデスさんがいた。

「ごめんなさいね、ラウラちゃん。ロコ兄妹は、シスコンブラコン兄妹なのよ……」

「い、いえ……」

——時間は一日でも惜しいくらいなのに。難病の回復薬を開発するより先に、他の問題を解決しなければならないようだ。

＊＊＊

エルヴィーラとの対面を終えた後、結局は再び王城へと戻り、アルノルトの調合室にやってきた。

ここで調合を行いながら、できることなら特効薬の試作品を処方したいのだろう。

それにしても、と改めてアルノルトに割り振られた調合室を見渡す。

私に与えられた部屋と比べてその広さは二倍、いや、三倍はある。下っ端である私の調合室は他と比べずとも狭いが、それにしたってアルノルトに与えられたこの部屋は広い。それに部屋の持ち主の性格もあってか、きちんと整理整頓《せいとん》されており、随分と物の少ない印象を受けた。

エルヴィーラはメルツェーデスさんに手を引かれながら、兄の仕事場を興味深く眺めている。

「角には多少の回復効力があるようだな」

「ええ。この前、五パターンほど調合してみたんですけど——」

以前言われた通り、調合方法と主な効力を記録していたノートを手渡した。アルノルトはそれを開くと、紙面に目線を落とす。

何か考え込むように口元に手をやったアルノルトの横で、口を開いた。

「回復効力がメインではなく、むしろ効力増強の方がメインではないかと」

彼は私の言葉に頷《うなず》いた。

あれから数度、魔物の角の調合を試みた。そうは言ってもごくごく基本的な調合をし、角自体の効力を確かめただけに過ぎない。

結論からして、アルノルトが持ち帰ってきた魔物の角は、凄《すさ》まじい回復効力を誇る――ということはなく、むしろ他の薬草の効力を高める、補佐的な効力を持っているようだった。あくまで今現在で私が引き出せた効力では、という注意書きは付くが。

数こそ少ないものの、調合方法によってその効力に変化が見られる薬草は存在している。この魔物の角も、その可能性がないとは言い切れない。

「磨《す》り潰した粉末を舐《な》めてみたが、角自体に毒性はなかったな」

思いもよらない言葉がアルノルトの口から飛び出てきて、私は思わず彼の横顔をまじまじと見つめる。

「……舐めたんですか？」

当然だろう、というように彼は頷いた。

「万が一の可能性を考えてだ。熱を通す前に毒を持っていては、細心の注意を払って調合を行わなければならないだろう。エルにはもちろん、お前にも危険なものは渡せない」

それにしたって、何も舐めることはないだろうに。解毒剤を前もって準備していたのだろうが、もし予想以上に強い毒性を持っていたらどうするつもりだったのか。

唖然《あぜん》とその横顔を見つめたが、彼はこちらに目を向けることはなかった。

尊敬を通り越して呆《あき》れにも似た感情を持て余しながら、時間が惜しいと調合に取り掛かる。エルヴィーラの世話はメルツェーデスさんに任せ、私とアルノルトは調合してはその回復薬を自分で試す、という作業を繰り返した。

飲んでも特に体に異常をきたさない——つまりは安全な——回復薬だと確認できたものは容器に移し、口に入れた途端強い苦味を感じるなど少しでも不安要素があるものは脇によけた。エルヴィーラ——十歳そこらの女の子が飲むのだ。十四歳である私の体に悪影響を及ぼさなかったからといって、エルヴィーラもそうとは限らない。

一つ調合を終え、その調合方法をノートに記す。さて次はどのような調合を試そうか、と机の上に広げられた薬草を眺め、ふと目に止まったのは——血の巡りを良くし、効力のまわりを速くする薬草だった。

そういえばこの薬草はまだ使っていなかったな、と目に止まったそれを手に取る。他にも適当に回復効力を持つ薬草を見繕うと、それを煎《せん》じた。

魔物の角を磨り潰した粉末を最後に混ぜて、軽く容器を振る。無事に混ざり切ったのを確認してから、くいっと一口、口に含んだ——その刹那《せつな》。

「うっ」

口内に強烈な苦味が広がった。それだけでなく、液体が喉《のど》を通った瞬間、カッと喉が焼けるような熱を持つ。

吐き出そうとしたが遅かった。ぐぅ、と体を丸めて喉を押さえる。明らかに異様な私の姿に、メルツェーデスさんが慌てて顔を覗《のぞ》き込んできた。その表情は焦りの色に満ちている。

「ラウラちゃん、大丈夫、大丈夫⁉」

「だ、大丈夫です。ただ苦味がすごくて……。あっ、ダメですこれ、水ください」

すぐに引くかと思った熱は、体全体に広がっていった。血液のように全身にくまなく巡っていってしまったかのようだ。

熱い、熱い、熱い。

ひりひりと粘膜が焼けるような痛みを感じた。

「喉が焼けるみたいに熱い」

喉元《のどもと》を掻《か》き毟《むし》りたくなるのを必死にこらえた。

メルツェーデスさんから差し出されたコップを奪うようにして受け取ると、うがいを繰り返す。それでも到底治まってはくれなくて、それどころか指先まで燃えるような熱さを内から訴え始めた。

私は慌てて大量の水を喉元に流し込んだ。体中を巡るそれを水で薄められないかと考えたのだ。しかし期待した効果は得られずに、それどころかかえって飲み干しきれなかった水で私は盛大に噎《む》せてしまう。

まったく、踏《ふ》んだり蹴《け》ったりだ——なんてどころではない。相当体に異常をきたし始めている。額に脂汗が浮かんだ。

「げほっ、ぐっ」

「おい、大丈夫か」

体を丸める私の背に触れた、大きな手。鼓膜を揺らした声はいつもよりも早口に思えて——焦りを含んでいるように聞こえた。

声のした方を振りあおぐ。いつも以上にぎゅっと眉根を寄せて、こちらを覗き込む黒い瞳《ひとみ》と目があった。

「あ、相性が悪かったのか、良すぎたのか分かりませんけど、効力の巡りを速くする薬草を混ぜてみたら、全身から汗が」

自分の失態に呆れるように笑ってみせた。いや、笑おうとしたところで頬の筋肉は言うことを聞いてくれなかった。

今回の調合で混ぜたものは基本的な回復効力を持つ薬草複数と、磨り潰した魔物の角と、もう一つ。体を温め、血の巡りを良くし、回復薬が全身に行き渡る速度を速めるものだ。

指先がどくどくと脈打っている。まるでそこに心臓が埋め込まれたみたいに。——恐らくは、血の巡りが良くなり過ぎた。もしくはこの薬草と相性が悪く、よくない異質な反応を生み出してしまったのか。

とにもかくにも、今回の調合方法は危険だときちんと記しておかなければ。

「ちょっと待ってろ」

そう告げるなりアルノルトは調合台に向かい、なにやら調合を始めた。

私はとうとう立っていられずに、壁に体重をかけながらずるずるとその場に座り込んだ。カッと腹の底から燃えるような熱を感じ、思わず自分の体を抱きしめるようにして背を丸める。

不意に、エルヴィーラが揺れる瞳で覗き込んできた。その瞳は不安に揺れていた。あぁ、泣き出してしまいそうだ。

——黒の瞳と目があった瞬間、思う。今私の体を襲っている異変は、自壊病の症状といくらか似通っていないか、と。自壊病の症状の一つに、体の一部が突然発火するというものがある。それに、自壊病を患った患者は、全員が体の内から燃える炎にその命を奪われているのだ。

——皮膚が内から灼《や》け爛《ただ》れそうだ。これ以上の熱がエルヴィーラの幼い体を襲い、壊そうとしているのか。

ぐっと指先の熱を抑え込もうと拳《こぶし》を握りこむ。そして心配をかけまいと、その幼い顔に微笑《ほほえ》んだ。

「大丈夫」

ちょっとあちこちが燃えるみたいに熱いだけだから。

思わずこぼれ落ちそうになった本音は呑《の》み込んで、エルヴィーラに手を伸ばす。その手は彼女の頭を撫でようとして伸ばしたものだったが、今の距離感では拒絶されるだろうと思い直し、そのまま下げた。

は、と小さく息を吐く。その瞬間、背後から脇に手を差し入れられて、強い力で引き上げられた。

足元がふわふわして、ぐら、と体が傾く。そんな私の体を受け止めてくれたのは、アルノルトの男らしい胸板だった。

「これを飲んで少し横になれ。あとは俺がやる」

ぐっと背を押されて調合室の隅に置かれていたベッドに誘導される。私の調合室に置かれていないそれは、アルノルトが持ち込んだものだろうか。

ベッドに腰掛けるなり、ガラスの容器を差し出された。おそらくつい先ほどアルノルトが調合したものだろう。香りや色からして、解毒剤の類に似ている。

私は迷うことなくそれを飲み干した。途端、喉元から熱が引いていく。

はぁ、とようやく大きな息をつけた。先ほどまで体を巡る熱に耐えるあまり、知らず知らずのうちに息を詰めていてしまったようだ。

ベッドに横たわる。するとすかさず顔に影が落ちた。

「ラウラちゃん、氷も」

メルツェーデスさんの声とともに額に氷嚢《ひょうのう》が置かれる。ひんやりとしたそれは火照《ほて》った顔に気持ち良くて、その気持ち良さに身を委ねながら、自然と意識は落ちていった。

＊＊＊

——ふ、と意識が浮上した。

「ラウラちゃん、起きたのね。大丈夫?」

「あ、はい……。落ち着いてきました、すみません」

辺りを見渡す。窓の外を見れば、すっかり日が落ちていた。

思っていた以上に長い時間眠ってしまったらしい。疲れも溜《た》まっていたのだろうか。

心配そうにこちらを見つめてくるメルツェーデスさんに、安心させるように微笑みかける。その笑顔に彼女はほっと息をついたかと思うと、ベッドの傍を離れ、入れ違いにアルノルトがこちらを覗き込んできた。そして、

「すまない、もっと俺がしっかり監督すべきだった」

腰を折られて、私はぎょっとしてしまう。咄嗟《とっさ》に起き上がろうとしたが、それはメルツェーデスさんによって制された。

仕方なく、僅《わず》かに顔を上げてアルノルトの言葉に首を振る。

「い、いえ！　私の方こそ何も考えずに調合しちゃって……。すみません」

互いの効力への影響を深く考えず、思いつきでぽいぽいと薬草を放り投げるように調合してしまった私に全面的に落ち度がある。調合に関しては大きな失敗経験がなく、失敗した数少ない例も苦味が強すぎたとかそういったレベルのもので、命の危険を感じたことはない。ここらで少々痛い目を見せなければ、と天からお灸《きゅう》が据えられたのかもしれない。

――もしくは、エルヴィーラの抱えている苦しみを擬似的に私にも与え、神様《スタッフ》が危機感を煽《あお》っているのか。

そうはいっても今は多少頭が重いだけで、眠りに落ちる前の症状はすっかりなりを潜めている。アルノルトが用意してくれた解毒薬のおかげだろう。

尚も頭を下げるアルノルトにどう言葉をかけるべきかとオロオロしていると、ひょい、と小さな

顔が下から現れた。エルヴィーラだ。こちらを見つめてくる不安げでどこか濡《ぬ》れた瞳に、私はアルノルトの存在を一瞬忘れ、何よりも先に声をかける。

「驚かせちゃって、ごめんね」

「べつに、おどろいてなんか……」

せっかく合わせてくれていた目線は数秒で逸らされてしまった。しかし、多少であれども彼女は私を心配してくれたのだろう、と分かる表情だ。

恥ずかしくなったのか、エルヴィーラは駆け足で傍から離れていってしまった。その背を少し寂しく思いつつも、見送った後、ようやく顔を上げたアルノルトと目線がかち合う。すると彼はどこか居心地が悪そうに、しかししっかりとした口調で言った。

「魔物の角を一通り調合してみた。どうやら薬草によって相性があるようだが、相性の良い薬草と掛け合わせれば、効力の増強がそこらの薬草より何倍も強い。怪我《けが》の類なら、丸々使えばほとんど治せるかもしれないな」

彼はそこで一度言葉を区切り、息を吐いた。

「そういう意味では、万能の薬だ」

声のトーンは低く、語尾はため息混じりに後を引いて。その表情も険しい。

この様子からして、これは。

「……外れですか」

誤魔化さず、真っ直ぐ聞いた。アルノルトは首を振ることも、頷《うなず》くこともしなかった。

「エルヴィーラに症状が出たら、少量飲ませてみようと思う。……俺がもう少し幼ければよかったんだけどな」

俺がもう少し幼ければよかった。

恐らくその言葉が意味するのは、エルヴィーラに飲ませる前に自分の身で試すことができたのに、という悔しさだ。やはり、未知の効力を持つ回復薬を易々と大切な、それも難病を患った妹に投薬することは躊躇《ためら》われる。けれど、アルノルトが自分の身で回復薬の安全性を確かめるには、彼はエルヴィーラとはあまりに条件が違っていた。

――ならば。

「実験なら、私にしてください」

「……物騒な表現をするな」

アルノルトは一瞬不意をつかれたように目を丸くして、それからすぐに眉《まゆ》をひそめた。その言葉はてっきり喜ばれる――とまではいかずとも、まさかここまであからさまに拒絶の反応を示されるとは思ってもみなかった。

しかしこれが最善の策のはずだ、と私は食い下がる。

「エルヴィーラちゃんよりは年を重ねてますけど、同じ性別で、アルノルトさんの周りだと一番年が近いはずです」

「……焦りすぎた」

「え？」

ぽつり、とつぶやかれた言葉を正しく認識できなかった。

私が首を傾《かし》げると、アルノルトは痛ましげにくっと下唇を噛《か》む。

「今回のことは俺が焦った結果招いてしまったことだ。エルヴィーラは師匠の家にしばらく滞在してもらう。なんなら悪いが故郷の村に帰ってもらってもいい。一度落ち着いて、二人で調合法を模索するべきだった」

す、とアルノルトはベッドの傍にしゃがみ込んだ。そして私を真っ直ぐ見つめる。

「色々あって、お前も疲れているだろう。気が回らず、すまなかった」

眼鏡《めがね》越しの瞳が申し訳なさそうに伏せられた。

二度目の謝罪に、私は面食らってしまう。そんな私を知ってか知らずか、顔を上げた彼はすっかり普段通りの空気を身に纏《まと》っていた。

「動き出すのは、お前の休暇が終わってからで――」

「で、でも！　角が腐りでもしたら……！」

そう思ったからこそ、アルノルトもこうしてエルヴィーラを急いで王都に呼び寄せたのではないか。

なおも言い募ろうとした私を、アルノルトは右手を上げて制した。これ以上は聞かない、という明らかな意思表示だった。

「だいたいの効力は分かった。お前が帰省している間は俺が一人で調合する。お前はとにかく休め」

「アルノルトさんの方が、お疲れでしょう」

「十分休んだ」

――嘘をつけ。

プラトノヴェナから帰ってきてしばらく、アルノルトは上への報告で忙しそうにしていた。それだけでなく、予定を遥《はる》かに超えてプラトノヴェナに滞在していたこともあり、普段の仕事が溜まっていたようで、この調合室に毎晩遅くまで留まっていると聞いた。それを教えてくれたのはリナ先輩で、流石《さすが》の彼女も「最近働きすぎよ」とこぼすほどだった。

眼鏡の下の隈《くま》と以前よりこけた頬。更に今まさに私が寝ている、調合室に持ち込まれたベッド。それが何よりの証拠ではないか。

しかし面と向かってそれを言えるほど、私とアルノルトは打ち解けていない。それでも不満を訴えるように眉根《まゆね》を寄せた私に、アルノルトは一つ息をついた。私が思っていることなんて彼にはお見通しなのだろう。

じっと端整な顔を見上げていると、アルノルトはいつもよりのんびりとした口調で、私に言い聞かせるように言った。

「お前の幼馴染《おさななじみ》に手紙を出しておいた。すぐに駆けつけるだろう。一緒に帰省しろ」

――脳裏に浮かんだ幼馴染の笑顔。最近は帰省どころか手紙もろくに出せておらず、もしかすると心配をかけてしまっているかもしれない。

どうやらアルノルトは強引に休みを取らせようとしているようで、それは些《いささ》か不満ではある。エルヴィーラが王都にいる間は彼女との交友を深めたかったし、特効薬の調合も時間を惜しんで行うべきだという考えは変わっていない。なにせ、あと二年だ。あと二年で魔王は復活してしまう。

そうだ。アレクさんと感動の再会をしているであろうエミリアーナさんを呼び戻すのは良心が咎《とが》めるが、彼女には約束——精霊の飲み水の存在を知っているおじいさんの紹介——を果たしてもらわなければならない。だとすると、できるだけ早くお願いの手紙を出すべきだろうし——

やること、やりたいこと、やらなければならないことは沢山ある。しかし脳裏に浮かんだ幼馴染の笑顔に、そして両親や友人たちの姿に、会いたいな、と思ったのも事実で。

——疲れていては思考も鈍る。今回のような失敗を二度と繰り返さないためにも、アルノルトの言葉に甘えることにしよう。

そう思い、私は再び瞼《まぶた》を閉じた。

07：帰省

アルノルトがルカーシュに手紙をやってから数日。私は王城の門の前で、カスペルさんと共に幼馴染を待っていた。

結局あれから——エルヴィーラと初めての対面を果たし、回復薬の調合でちょっとしたミスをやらかしてから——なかなか体調が本調子とはいかず、エルヴィーラには一度メルツェーデスさんの家に帰ってもらった。アルノルトもどうにかこうにか時間を作ろうとしているようだが、プラトノヴェナに行っていた間に溜まった仕事は消化しても次から次へとやってくるようで。だったらこの際、私の休暇中に溜まった仕事は全て片付けてしまおうと考えたらしい、ここ数日は今まで以上に忙しくしている。

はてさて、話は変わってなぜここにカスペルさんがいるのかと言うと、これから十日の休暇をもらう私の見送りだそうだ。

そんな必要はないと断ったものの彼は曖昧《あいまい》に笑うだけで、私の申し出を受け入れることはしなかった。恐らくはカスペルさんも今回の件で思うところがあるのだろうが——

少しばかり気まずい雰囲気にそわそわしていたら、見慣れた金髪が視界の隅に現れた。陽の光によってキラキラと光るそれは、この世界ではありふれた色ではあるけれど、見間違えるはずもない。

ルカーシュだ。

あちらも私の姿を視界に捉《とら》えたのだろう、ルカーシュはあっ、というようにその青の瞳《ひとみ》を見開いた。

「ラウラ！」

再会するなり、駆け寄ってきた幼馴染によって強く抱きしめられる。

また伸びた身長に、心なしか逞《たくま》しくなった腕。ぐっと抱き寄せられた力は今まで以上に強く、苦しさを覚えてしまうほどで。あまりの強さにごつん、とルカーシュの胸板に頭突きしてしまったが、幼馴染はそんなことはお構い無しにぎゅうぎゅうと私の体を抱きしめた。

「ルカ、ちょ、苦しい……」

「無事でよかった……！」

肩に額を押し付けるようにしてすっぽりと抱きしめられてしまい、私は身動きが取れなかった。

それだけ密着すれば、ルカーシュの体が小刻みに揺れていることに嫌でも気づいてしまう。

心配をかけた。手紙の一つも寄こさず、それどころかアルノルトからの知らせでようやく全てを知ったルカーシュの不安は察するに余り有る。私がその立場だったら――考えるだけで、指先が震えた。

精一杯の謝罪の気持ちを込めて、記憶の中より逞しくなった幼馴染の背中に腕を回した。

「心配かけたみたいで、ごめんね」

もごもごと、ルカーシュの胸板に顔を埋《うず》めながら口にしたその言葉は、決して鮮明な音声ではなかったけれど、ルカーシュは更にぐっと腕に力を入れて私を抱きしめた。その際、自然と踵《かかと》が浮いてしまい、ルカーシュの身長が伸びたことを実感する。

ぎゅうぎゅうと思う存分私を抱きしめた後、ルカーシュはようやく腕の力を緩めた。しかし肩に手は置かれたままだ。

ゆっくりとルカーシュの顔を見上げる。すると彼は、喜びと戸惑いとちょっとの怒りが混じり合ったような、なんとも形容のしがたい笑みを浮かべた。

「本当だよ。急に手紙が途切れたかと思ったら、あの人――アルノルトさんから手紙が来て」

その言葉に、私はうな垂れるようにして謝ることしかできない。こうして心配をかけるのは二度目だ。いくら魔物の襲撃は予期せぬこととはいえ、短期間で二度も似たような心配をかけてしまったのは心苦しい。

――不意に、彼の肩越しに見慣れたもう一つの人影が覗《のぞ》いた。あの赤毛の少女は、もしかしなくても。

「ペトラ……?」

ぽつり、と頭に浮かんだ名前を呟けば、ルカーシュが察したように身を引いた。すると私と赤毛の少女――ペトラの間には障害がなくなり、しっかりと目が合う。

なぜ、という疑問が一瞬脳裏を過《よぎ》った。しかしすぐに彼女も私を心配して来てくれたのだろうと思い至る。以前帰省した際、ペトラは働きに出ていると教えてくれた。もしかすると、近くの町まで来ていたのかもしれない。

「ペトラもわざわざ来てくれたの？　ありがとう。心配かけたみたいで、ごめんね」

彼女はううん、と言葉もなしに首を振った。数瞬見つめあって、しかしすぐにペトラは私から目線を逸らす。その表情は明らかに気まずそうで、何も言わずとも彼女が今居心地の悪さを感じているのだと分かった。

その表情の理由に、一つ思い当たる節がある。それは以前もらった、ペトラからの手紙。――ルカーシュが好きだと震えた文字で書かれた、あの手紙。

ペトラからしてみれば、好きな人と別の異性との抱擁シーンを見せられたのだ。こちらにそのような感情は一切ないにしろ、友人の気持ちを思えば軽率な行動だったかもしれない。もっとも、ペトラがこの場にいるだなんて先ほどまで露ほども思っていなかったのだから、今回は防ぎようがなかったのだが。

しかしペトラが来てくれたと知れた今は話が別だ。私は素早くルカーシュから体を離すと、いつもより余分に距離をとった。

ルカーシュは不思議そうに私を見つめて来たが、それを笑顔で躱《かわ》す。そして半ば助けを求めるようにカスペルさんに目線をやれば、彼は何かを察したのか、今まで私たちの再会を邪魔すまいと頑《かたく》なに閉じていた口を開いた。

「ラウラちゃん、好きなだけ休んでもらって構わないっす！　……と言えたらよかったんすけど、すみません、十日しか休みをもぎ取れなくて……」

「そんな、十分ですよ。無理言ってすみません」

私が柔く微笑んでもなお、カスペルさんは申し訳なさそうな顔を崩さない。きっと優しい上司は、私をプラトノヴェナに派遣したこと自体を悔いているのだろう。

「むしろこっちが色々無理言って……帰ってきたら改めて、謝らせてください」

そう言ってカスペルさんは深く頭を下げた。

私は「とんでもないです」と大きく頭を振ったけれど、カスペルさんの表情が和らぐことはなかった。

「――それでは、良い休日を」

そう言葉を残してカスペルさんは踵を返した。その後ろ姿は前より痩《や》せてしまったように見える。プラトノヴェナ襲撃の件で、カスペルさんはそれなりに無理を通したらしく、現在もその後始末に追われていた。

カスペルさんが去った後、誰からともなく私とルカーシュ、そしてペトラは顔を見合わせる。言葉もなしに頷《うなず》きあって、さて帰ろうか、と一歩足を踏み出した――瞬間。

「アンペール」

呼び止められた。もうすっかり耳に馴染《なじ》んだ声と呼び名に振り返れば、そこにはアルノルトが壁に寄りかかるようにして立っていた。

直属の先輩に休み前の挨拶《あいさつ》をしていなかったと思い至り、私はルカーシュたちに一言断りを入れてから駆け寄る。

恐らくはカスペルさんとアルノルトが今回の休暇をもぎ取ってくれた。そして今、忙しい合間を縫ってわざわざ見送りに来てくれている。ならば帰る前にきちんと挨拶しておかなければ。

「すみません、十日間お休みをいただきます」

「あぁ、ゆっくり休め」

軽く頷いた彼は、不意にその視線を私の背後にやった。どうしたのかとその視線に誘われるように私も背後を振り返れば、門の近くで私を待っていたはずのルカーシュが私のすぐ背後に立っていた。

「アルノルトさん」

数歩、ルカーシュが前に出て私の隣に並ぶ。かと思うと勢いよくその頭を下げた。

突然の幼馴染の行動に私は慌てふためいたが、頭を下げられている本人であるアルノルトは全く動じず、それどころか冷ややかな瞳でルカーシュを見下ろしている。

「ラウラを守ってくれて、ありがとうございました」

「……お前に礼を言われるようなことはしていない」

——相変わらずこの二人は合わないらしい。二人の間に漂う剣呑《けんのん》な空気に、私は息を潜めて存在をできるだけ消す。

ルカーシュとアルノルトには相性が悪い、というような設定でもつけられているんだろうか。数年後にはルカーシュはアルノルトの妹・エルヴィーラと共に世界を救う旅に出るのだから、少なからず関わりは続いていくだろうに。

勝手に幼馴染と先輩の未来を憂いていたら、アルノルトは言葉もなく踵を返した。その際一瞬こちらに視線が飛んで来たので、軽い会釈をしていつもより鋭い瞳を躱す。一方で未だ頭を下げ続けていたルカーシュは、気配でアルノルトが遠のいたとわかったのか、ゆっくりと頭を上げた。しかしすぐに門に向かって歩き出すことはせず、遠ざかっていくアルノルトの背中を見つめている。

私もまたそんなルカーシュの横顔を斜め後ろから見つめていたら、不意に声がかけられた。

「あの人、例の魔術師？」

問いかけて来たのはペトラだ。

彼女の問いの意味がすぐに分からなかった。例の魔術師とは一体誰だ。

私は首を傾《かし》げて、問いに問いで返してしまう。

「例の魔術師？」

「私、今レムの町まで定期的に働きに出てるんだけど、そこでプラトノヴェナが魔物に襲われた話も聞いたの。中でもよく聞いた噂が……黒髪黒目の魔術師がいて、彼は圧倒的な力を以《もっ》て魔物を退けた英雄だって話」

ペトラの口からスラスラと放たれた言葉たちは、私にとって新しい情報が複数含まれており、それらを正確に呑《の》み込むのに少しばかり時間を要した。

まず、ペトラが働きに出ている町がレムの町だということ。

レムの町とは確か、エメの村から一番近い町だ。王都と比べると規模は小さいが、港町でありそれなりに物も設備も人も揃《そろ》っている。

そしてこの場にペトラがいることの理由の一つをそこに見つけた。レムの町はエメの村と王都・

シュヴァリアの間にあるのだ。距離で言えばエメの村の方がずっと近いが、王都への馬車はそれなりに通っていたはずだ。

そしてもう一つ。ペトラが口にした、噂になっているという黒髪黒目の魔術師。それは十中八九、アルノルトのことだろう。

英雄とまで呼ばれていると聞いて、一瞬本当に私の知っているアルノルトのことかと疑ってしまったが、よくよく考えればその呼び名は彼に相応《ふさわ》しいと言えた。だってアルノルトは、その力で一つの街を救ったのだ。——もっとも彼一人の力ではなく、アレクさんたちと協力して、だが。

「……そう、だね。アルノルトさんのことだと思う」

最年少で王属調合師になったかと思えば、その類稀《たぐいまれ》なる魔力で一つの街を救った英雄ともて囃《はや》されて。その設定の盛り加減に笑いがこぼれる。メインキャラクターにも劣らぬ、どころか、むしろそれ以上の活躍ぶりだ。

アルノルトは「ラストブレイブ」に登場しないキャラクターだ。であるから、今後彼がどのような立場で魔王討伐に関わっていくのかは分からない。しかし今の立場で言えば、他のメインキャラクターより余程世間にその存在を知られているはず。今のこの世界への貢献具合とそのハイスペック具合を考えるに、今後ただの〝兄キャラ〟の範疇《はんちゅう》に収まるとは思えないが、果たして。

「それにしてもペトラ、ルカと仲良くなったの？」

「あ……ごめん」

気まずそうに瞼《まぶた》を伏せ、身を縮こませるペトラ。彼女の反応に、私の問いは聞く人によっては嫌味のように聞こえてしまっただろうかと慌てて先の言葉を否定する。

「えっ、いや、そんな変な含みはなくて！　ただちょっとびっくりしたのと、よかったねって言いたかっただけで……」

「許してくれるの？」

思いもよらない言葉だった。

以前もらった、ペトラからの手紙を思い出す。確かあの手紙にも、私に許しを請うような文章が書かれていた。

ペトラから見て、私はどのような立場なのだろう。なぜ私の許しを欲しがるのだろう。人が人を好きになるのに、誰の許しがいるというのか。——いや、この世界では、神様《スタッフ》の許しがいるのかもしれない。

何はともあれ、私がどうこう言える立場ではないのは明らかだった。そもそも、どうこう言うつもりもない。ただ、友人の将来を思うと少しばかり憂うが。

私はにっこりと笑って、顔の前で手を振ってみせた。

「許すもなにも、私とルカーシュはただの幼馴染《おさななじみ》だから」

ただの幼馴染。自分の口から出たその単語に、〝私〟は一人で苦笑した。〝私〟が過去見て来た、負けヒロインの幼馴染が度々口にしていた言葉によく似ている、と。彼女たちはその言葉で自分の心を隠して、結局は恋に破れてしまうのだ。

私の言葉にペトラは安堵《あんど》したように笑った。その笑顔はまだまだ垢《あか》ぬけない幼さを感じさせるがとても愛らしく、これからどんどん磨かれていくのだろうと思う。〝私〟の記憶を掘り起こすに、NPCでありながらペトラはその目立つ髪色もあいまって、それなりに力の入ったモデリングだと感じた覚えがある。

しかしそれと同時に、他のどのキャラクターよりもモデリングに力が入ったこの世界のヒロインの顔を思い出した。彼女はこの世界の誰よりも気高く、美しかった。

数年後には、私も彼女と対面する機会が与えられるのだろうか。幼馴染の隣に立つ彼女を見て、私は何を思うだろう。

＊＊＊

草の匂い、穏やかな風、澄んだ空気。

馬車に揺られながら、あぁ、帰って来たのだと実感する。何度か大きく深呼吸して故郷の空気を堪能していたら、不意に馬車が止まった。

(久しぶりの、エメの村だ！)

私は素早く荷物をまとめて馬車から降りる。村の入口には――こちらに手を振る両親の姿があった。

「ラウラ！」

長い馬車旅で疲れた体に鞭打《むちう》って、両手を広げた両親の許へ馬車から直接飛び込んだ。途端、ぎゅうっと強く抱きしめられる。そのあまりの強さに、少しばかり心配かけたことを咎《とが》められているような気持ちになった。

「お父さん、お母さん！　ただいま！」

見上げた二つの顔は、なぜだろう、以前より皺《しわ》が目立って見えた。実際皺が増えたのかもしれない。私が王都に行ってから、両親には心労をかけさせっぱなしだ。親孝行をすると誓っておきながらこの体たらく。正直自分に原因はなく、自分がどうこうしたところで避けられるようなトラブルでもなかったが、それでも胸は痛んだ。

私を抱きしめる腕の力が緩められる。両親の顔を見上げれば、両の頰にそれぞれの手が添えられた。

優しく、まるで甘やかすように私を撫《な》でるその手。それが気持ちよくて、温かくて、そっと瞼を伏せる——

「おかえりなさい。それから……お誕生日おめでとう、ラウラ」

「へ？」

——お誕生日、おめでとう？

先ほど閉じたばかりの瞼をあげた。すると慈愛に満ちた両親の表情が視界いっぱいに映る。

お誕生日おめでとう。

かけられた言葉を頭の中で何度も反芻《はんすう》する。そしてようやく、その言葉の意味を正しく咀嚼《そしゃく》した。

あぁ、そうだ。思い出した。私の誕生日は七日前——エルヴィーラが王都に来るとバタバタしていた時期――に過ぎていた。

私はいつの間にか、十五歳になっていたのだ。

「みんなが家で待ってるわ」

母はそう微笑《ほほえ》んで私の手を引く。未だどこか実感が湧かない私は手を引かれるままに自分の家へと帰宅した。そして扉を開ければ、

「お誕生日おめでとう、ラウラ！」

その瞬間、見知った顔たちが視界に飛び込んでくる。

ユーリアとラドミラ、そして合流したペトラを含めた三人娘。彼女らの両親に、武器屋のおじさんに道具屋のおじさん。もちろん私の後をついてきたルカーシュも、そのご両親も。そこまで交友のない村の同世代の男の子たちまで。エメの村民大集合だ。

呆気《あっけ》に取られている私にユーリアが近づいていた。その後ろにはペトラとラドミラがいる。

「これ、私たち三人から。お誕生日おめでとう」

そう言ってユーリアが代表して差し出してきたのはハンカチだった。見るに、それは手作りのようだ。

「あ、ありがとう！」

まだまだ自分の誕生日の実感が湧かないまま、それでもなんとかお礼の言葉を絞り出す。すると彼女たちは微笑んで、その場から数歩後退した。かと思うと入れ替わりで両親が私に歩み寄ってくる。そして、

「おめでとう、ラウラ。あなたは私たちの自慢の娘よ」

母が涙ぐみながら贈ってくれたのは、可愛らしいフリルのワンピースだった。エメの村では手に入らないであろう流行《はや》りのデザインだが、わざわざ近くの町まで買いに出てくれたのだろうか。

ワンピースを受け取った途端、不意に横から武器屋のおじさんが顔を覗《のぞ》かせる。

「おう、ラウラ。おめっとさん。村からのプレゼントだ」

そう言って贈られたのは、護身用の小ぶりな盾だった。思わぬプレゼントに目を丸くしつつも、魔物襲撃の心配をかけた結果なのだろうと苦笑する。普段から身に着けておくには少々重いが、いざというときに使わせてもらおう。

――その後、私の誕生日会は短い時間ながらも盛大に開催された。沢山の好物とケーキが用意され、王都での話をあれこれと聞かれ、私が疲れていたこともあって早めのお開きとなったけれど、とても楽しい時間だった。

お開きということでぞろぞろと村人たちが帰っていく中、不意にルカーシュと目が合う。すると彼は早足で近づいてきた。かと思うと、

「ラウラ。僕からのプレゼントは……今度二人きりのときに渡させて」

そんないじらしい言葉を囁《ささや》いてきて。

私が頷《うなず》くと、ルカーシュは嬉《うれ》しそうに目を細めた。

＊＊＊

――チチ、チ。

鳥の鳴き声で目が覚めた、なんとも爽《さわ》やかな朝だった。時計こそ見ていないが、両親がリビングの方にいる気配はない。まだ早い時間帯なのだろう。

（せっかくの休日だし、二度寝しようかな……）

そう思い寝返りを打ったが、やけに目が冴《さ》えてしまっている。ならばせっかくだから朝の散歩にでもいこうと思い直し、私は適当に身支度を終えて家を出た。

肺いっぱいに新鮮な空気を吸い込み、一つ伸びをする。昨日の長い馬車旅の影響だろうか、肩が鈍い嫌な音を立てたことに苦笑しつつ辺りを見渡せば――一つの人影を見つけた。その人影には見覚えがありすぎる。

金の髪に、見慣れたこの村の衣服。思わずその背に駆け寄り――

「ルカーシュ？」

「あ、ラウラ、おはよう。早いね」

振り返ったルカーシュの額には汗が浮かんでいた。その右手には細身の剣が握られている。

彼の様子を見るに、朝早く起床して剣の素振りでもしていたのだろうか。

「ルカーシュこそ。朝早くから鍛錬？」

「ん？　うん。ちょっとは逞《たくま》しくなったろ？」

冗談めかした口調で、ルカーシュはわざとらしく胸を張る。その胸板は確かに厚みを増しているように思うし、何より腕ががっしりと太くなった。

ふふふ、と笑みをこぼしながらルカーシュに近づく。ふと、剣から離れた右手に目がいった。なぜなら指の付け根が赤く腫《は》れていたからだ。あれは――

「まめ潰《つぶ》れてる。痛くないの？」

近寄って、幼馴染の右手をとった。

じわりと滲《にじ》んだ血が痛々しい。見ているだけで私は眉《まゆ》をひそめてしまったのだが、当の本人はどうやらそうでもないらしい。きょとん、と目を丸くして、それから――いきなりぐいっと顔を近づけてきた。何かを思いついたような表情だ。それも、恐らくは楽しいことを。

「そうだ、ねぇ、ラウラ。ラウラの作った回復薬、飲んでみたい」

幼馴染の言葉に、ぱちり、と数度睫《まつげ》毛を瞬かせた。ルカーシュはぐっと肩を摑《つか》んできたかと思うと、そのまま続ける。

「こんなまめ、すぐ治っちゃうんだろ？」

期待に満ちた瞳《ひとみ》で見つめられた。その頰は僅《わず》かに赤らんでいる。

ルカーシュの言っていることは正しい。手のまめ程度であれば、基本中の基本のシンプルな回復薬で治すことができる。

そういえばルカーシュに私の作った回復薬をあげたことはなかった、と思い至る。彼がそう望むのなら作ってあげたい気持ちは山々なのだが、問題が一つ。

「それはそうだけど、でも調合道具がないと」

「だったらベルタさんのとこに行こう」

即決だった。口を挟む暇もなく、ルカーシュは私の手をとって歩き出す。

こんな朝早くに、と逞しくなった幼馴染の背中に声をかけたのだが、彼は私が思っていたよりずっとお師匠と仲が良いのか「起き抜けに訪ねても怒らないから大丈夫だよ」と笑うだけで。

手を引かれるままお師匠の山小屋に向かいつつも、ルカーシュと会話を続ける。

「ベルタお師匠のところによく行ってるの？」

「うん。最近は薬草を摘む手伝いをしてるんだ。腰が痛いんだって」

ルカーシュの答えに思わず笑ってしまう。確かにお師匠もいい年だ。

「そのお礼に僕が怪我《けが》をしたときとか回復薬をもらったり、村の人たちが体調を崩したときは特効薬を作ってもらうんだ。ああでも、この前は崖《がけ》の近くに群生している薬草を採ってこいって言われて――」

幼馴染とお師匠の交友話を聞いていたら、あっという間に見慣れた山小屋が見えてくる。なんだか随分と久しぶりに感じるのは、ここ最近色々と忙しなかったせいだろう。

「ベルタさん、おはようございます」

元気な挨拶《あいさつ》と共にルカーシュは扉を叩《たた》いた。数秒間が空いて、扉がゆっくりと開く。

私たちの前に姿を現したお師匠はゆったりとした寝間着を身につけており、その目はほとんど開いていない。見るからに今まで寝ていました、といった様子だった。

「朝早くにすみません。お久しぶりです、お師匠」

ひょっこりとルカーシュの背から顔を覗かせる。するとわずかにお師匠の目が開かれた。

「おお、かえっとったのか……」

「昨日の夕方に。本当だったら今日のお昼頃お邪魔する予定だったんですけど……ルカーシュのために、回復薬を作りたくて」

一通り説明すると、お師匠は返事の代わりというように大きく欠伸《あくび》をする。しかしそれだけで、突然の訪問に不快そうな表情を見せることはなかった。

「好きに使っていいぞ。わしはもう一眠りする」

ひらりと片手をあげると、お師匠は部屋の奥へと戻って行った。その背中を申し訳ない気持ちで見送りつつ、山小屋へと足を踏み入れる。

くるりと部屋の中を見回した。村を出てからそう時間は経っていないのだから当たり前といえば当たり前かもしれないが、調合道具の置き場所も、薬草の保管場所も何一つ変わっていない。勝手知ったるその部屋で、私は準備を始めた。

準備といっても、本当に簡単な調合を行うだけなのであっという間に終わってしまう。横に立ち興味深そうに私の手元を覗き見るルカーシュの視線を感じながら、私は調合を開始した。

「手際がいいね、すごい」

「こんなの慣れだって」

面と向かって褒められると、どうしても喜びより照れが勝ってしまう。あはは、とルカーシュがくれた褒め言葉を笑顔で躱《かわ》して、しかし手元は休ませずにそのまま調合を行った。

真水で煎《せん》じて、容器に移して、それを軽く振り混ぜて。あっという間に回復薬のでき上がりだ。

「はい、どうぞ」

「……苦い」

回復薬を口に含むなり眉をひそめたルカーシュに、私は声を上げて笑う。当たり前だ、回復薬と名前がついているとはいえ、その実は野に生えた薬草を真水で煎じたものなのだから。

その苦味を嫌う小さな子ども用に、効力に影響を与えない甘い木の実を混ぜることもあるが、今回はそうしなかった。

「当たり前だよ。薬だもん」

「でも、おいしい」

ルカーシュの言葉の意味がわからず、自然と怪訝《けげん》な表情が浮かぶ。

明らかに眉根《まゆね》を寄せて苦いと不満げに呟《つぶや》いたくせに、それを改めておいしいと評するのはあまりに矛盾している。

私の表情を見たルカーシュは気恥ずかしげに苦笑して、それからいつもよりいくらか早口で言った。

「おいしいというより……嬉しい。ラウラが僕のために作ってくれたから」

幼さが残る真っ直ぐな言葉は、私の胸をつく。

頬を紅潮させて、眩《まぶ》しいものを見るかのように目を眇《すが》める幼馴染《おさななじみ》。本当に嬉しい時に彼が浮かべる笑みだ。

「ルカーシュにだったらいつでも作るよ、幼馴染のよしみだし」

自然とそんな言葉が口から滑り出ていた。

回復薬を作るということは、私がルカーシュに、そしてこの世界にできる数少ないことだ。まさかこんな簡単なものでここまで喜んでくれるとは思ってもみなかったし、こんなことならもっと早く作ってあげればよかった、なんて自惚《うぬぼ》れにも似た感情も湧いてくる。

くすぐったいような気持ちを持て余し、うまく次の言葉を探せずにいると、落ちた沈黙を取り繕うようにルカーシュが何やらがさごそと懐を漁《あさ》りだした。そして、

「これ、昨日渡せなかったんだけど……」

差し出されたのは布袋。色は深い青から淡い青へのグラデーションだ。

突然差し出されたそれは、おそらくは誕生日プレゼントだろう、と瞬時に分かったが、それでもルカーシュからの言葉を促すように彼を見上げる。するとルカーシュは先程よりも数段赤くなった頬を指先でかいて、いつもよりはっきりしない口調で言った。

「物自体はベルタさんが用意してくれて、色は僕が染めたんだ。……へたくそ、だけど」

ルカーシュの言葉に驚きつつ、彼から布袋を受け取る。そしてそのまま離れていこうとした私の手を、ルカーシュの手が上から握り込んできた。思いの外強い力だった。

思わず私は布袋から幼馴染へと視線を上げる。するとこれまた思いの外強い光をたたえた青の瞳

と視線がかちあった。

「お誕生日、おめでとう。僕と幼馴染になってくれて、ありがとう」

照れ臭そうに、控えめに微笑《ほほえ》んだルカーシュ。

――あぁ、なんて可愛《かわい》い、なんて愛おしい幼馴染だろう！　どんな思いで彼はこれを準備して、どんな思いで渡してくれたのか。考えるだけで胸がきゅう、と高鳴る。

「ありがとう、ルカーシュ！」

喜びのまま抱きつこうとして――瞬間脳裏にペトラの顔が過《よぎ》り、動きを止めた。むやみやたらとベタベタしては、友人としてペトラにも不誠実だろう。彼女は悩みに悩んで私に自分の思いを打ち明けてくれたのだ。

抱きつかないかわりに、ルカーシュの手を強く握り返す。幼馴染の目が私の行動を疑問に思っているような様子はなかった。

もらったプレゼントをしみじみと眺め、湧き出る喜びをかみしめていると、不意にルカーシュが呟いた。

「でも十五歳かぁ。もう大人だね」

その言葉にどきりとする。

そうだ。間も無くルカーシュも十五の誕生日を迎える。その日は私の想像よりずっと早く、足音を忍ばせて近づいてきているのだ。

「そんなことないって、まだまだ子ども。成人までまだ三年もあるじゃない」

「三年なんてあっという間だよ」

足掻《あが》きのように口にした言葉は、ルカーシュの無邪気な言葉によって呆気《あっけ》なく切り捨てられた。

彼としては早く大人になりたいのかもしれない。〝私〟の知っている勇者・ルカーシュは、早く大人になってみんなを守りたいと思っていた、などと心情を吐露していた覚えがある。――その相手は幼馴染ではなく、古代種の少女だったが。

「ルカーシュは誕生日プレゼント、何が欲しい？」

「えぇ、それはラウラが選んでよ」

あはは、と笑い合う。こんなにも気負わず気さくに笑い合えるのはルカーシュぐらいだ。友人というより、もはや家族に限りなく近い存在だった。

こんな素敵なプレゼントをもらった以上、私も何か彼に喜んでもらえるようなものを考えなくてはいけない。目には目を、ならぬ、手作りには手作り、だろうか。

（王都に帰ったらチェルシーに相談してみよう）

そう心に決めて、私はルカーシュがくれた布袋をきゅっと胸元に抱きしめた。

＊＊＊

ルカーシュに自作の回復薬を振る舞った後、起きてきたお師匠に聞きたい話があると言って、彼には先に帰ってもらった。エルヴィーラの自壊病の話をルカーシュに聞かせるのは、あくまで自分個人の感じ方であり深い根拠はないのだが、躊躇《ためら》われた。

お師匠は私の言動で大方悟ったのか、ルカーシュが小屋から出て行くなり口を開いたのは私ではなく、彼女だった。

「自壊病の件はどうなった?」

「珍しい魔物の角が手に入ったので、それを素に現在調合に励んでます。もっとも、順調とは言えませんが」

私の答えにお師匠は頷《うなず》くだけで、特にこれといった反応は見せない。予想通り、ということか。

お師匠はその応答で会話を終えたつもりらしかったが、私は食い下がるように鞄《かばん》から〝それ〟を取り出した。

「一応、すり潰したものを持ってきたんです」

粉末を包んだ薬包紙を差し出す。お師匠はそれを受け取ると、すぐさま透明の容器へと移し、上下左右様々な角度から粉末を興味深く見つめた。心なしかその赤の瞳はキラキラと輝いているように思えて、お師匠の新しい調合材料に対する探究心が垣間見えるようで。

お師匠は高名な調合師だが、その讃《たた》えられる技術は彼女の生まれ持った好奇心の強さに支えられていた。お師匠は興味を持ったものに関しては、答えが出るまで突き詰める、まさしく〝研究者〟タイプだ。

そんなお師匠が、調合の材料としての魔物の角に興味を持った。その事実に自然と頬が緩む。

――私は元より、お師匠の手を借りるつもりだった。お師匠の方から興味を持ってくれたのなら話が早い。

畳み掛けるように、私は鞄からノートを取り出し渡した。まだ数ページしかインクが染み込んでいないそれは、アルノルトに言われて調合法を記録しているものだ。

「効力としては他の効力の増強が主ではないかと。一応これは、今までの調合方法を記したものです」

お師匠は興味深そうにノートのページをめくる。赤の瞳《ひとみ》は忙《せわ》しなくノートの上の文字を追っているようだった。

「ただどの回復薬も、まだエルヴィーラ……患者には処方できていません」

「強い効力を持てば持つほど、幼い体に対する影響も不安視されるからのぉ……」

お師匠は考え込むように自分の顎《あご》に手をあて、頬を親指でしきりにさすっていた。

容器の中の粉末と、私の書いたノートを何度も見比べてはぶつぶつと何やら呟いている。そんなお師匠の思考を遮るのは憚《はばか》られたが、それでももう一点、伝えるべきことを伝えようと口を開いた。

「あと、一つあてができました。フラリアの街に、難病を治すと伝わる湧き水があるそうです」

数秒の間の後、その存在に思い至ったのか「精霊の飲み水か」と尋ねてくる。投げかけられた問いに対しゆっくりと頷いた。

「お師匠からお借りした、伝承の本に書かれていたものです」

そうか、と相槌《あいづち》を打ったお師匠の声はどこか沈んでいて。おそらくは見込みがないと考えているのだろう、と手にとるように分かった。

確かに〝私〟も前世の記憶がなければ、「精霊の飲み水」などと銘打たれた湧き水が難病を癒す力を持っていると語られていたとして、その伝承を信じることは難しかっただろう。しかし、私は知っている。「ラストブレイブ」には【精霊の飲み水】というアイテムが確かに存在し、それは万能薬というに相応《ふさわ》しい効果を持っていたことを。

――とは言っても、この理由をそのまま告げても、簡単に信じてはもらえないだろう。あまり長引かせるべき話題ではないと判断し、

「あと、お師匠。もう一つ相談したいことがあって……。毒薬について教えていただけませんか？」

強引に話題を変えた。

毒薬――それは、回復薬とは真逆の存在だ。相手を害するためのもの。調合師を志す者として、毒草にはそれなりの知識を求められたが、それらを調合した毒薬となると些《いささ》か専門から外れてしまっていた。

専門外である毒薬に興味を持ち始めたのは、つい最近のことだ。魔力も単純な力も持っていない私は、それが唯一魔物に対する対抗手段になるのではないかと考えていた。

「なんじゃ、物騒な弟子じゃのう」

「魔物の襲撃に二度も遭遇しているので、せめてもの抵抗ができないかなと……。ただ毒草はあまり勉強していなくて」

王都・シュヴァリアでの襲撃と、雪の降る街・プラトノヴェナでの襲撃。

魔物に対する直接的な対抗手段を意識しだしたのはプラトノヴェナで魔物の襲撃を受けたときだ。あのとき、私は丸腰だった。魔法も剣も使えない、回復薬なんてなんにも役に立たない、ただの少女だった。

いざという時、せめて魔物の意識を一瞬でも逸らせるような護身術を身につけておきたい、とあの日から強く思うようになった。しかしながら専門外のことをいきなり一人で行うにはどうしても心細かったため、ここは一度初心に返ってお師匠にご教授願おうと考えていたのだ。

「そうじゃのう……ほれ」

お師匠は私に向かって手袋を投げてきた。ごわごわとした生地で作られているそれは、ひどく黒ずんでいる。

「毒草は下手《へた》に触ると皮膚を溶かされることもあるからのう、一緒に行ってやるわい。ここらは毒草も質が高いんじゃ」

想像していなかった言葉だった。

皮膚を溶かすほどの毒性を持つ毒草が、この辺りには群生しているのか。そんな危険なものが住居の近くにあっただなんて、もし万が一子どもが触ってしまったらどうするのだろう。

エメの村の大人たちに一瞬抱いてしまった不信感は、しかしすぐに払拭《ふっしょく》された。

——お師匠に連れられて辿《たど》り着いた毒草の群生地は切り立った崖《がけ》のすぐ近くで、いったい誰がそれを設置したのか、気軽に近づけないよう柵《さく》で囲まれていた。その柵の前には「毒草群生地」との大きな立て看板。柵の中の毒草は規則正しく並んで生えており、人の手が加えられているのは明らかだった。

お師匠は柵をあけて私を手招いた。その際、柵に触れたお師匠の手がパチリと雷を帯びたのを見逃さない。もしかすると柵にも魔法がかかっていて、むやみやたらに触れてしまうと電撃が流れるのかもしれない。

お師匠の後を追って柵の中へと足を踏み入れる。そしてある毒草の前で座り込んだお師匠の手元を覗《のぞ》いた。

「ほれ、こいつが一際強力な奴じゃ」

ぴろ、と手袋をしたお師匠の手が葉をめくる。そこには毒々しいまだら模様が見受けられた。見るからに「毒草」だ。

お師匠の隣に座り込んで、ぶちぶちと無造作に毒草を摘んでいく手元を観察する。

特に摘む段階ではこれといって意識することはなさそうだ。お師匠の摘み方は些か乱暴で、葉が途中で裂けてしまっているものもある。ただ摘んだ毒草を入れる布袋はいつものものより燻《くす》んだ色をしており、厚みもありそうだ。

一通り毒草を摘み終わると、すぐさまお師匠の家へと戻り調合に取り掛かった。

「毒草は匂いにやられることもあるからの、しっかり準備した上で調合しなくては危ないぞ」

窓を開けて扉も全開にして、鳥の嘴《くちばし》のような形をした防護マスクを身につける。嘴部分には毒を中和する薬草が詰め込まれているのだそうだ。

「ほれ、すり潰してみろ。周りに飛ばないよう、気をつけるんじゃぞ」

些か防護マスクに視界をとられるが、横から飛んでくるお師匠の的確な指示に従って手を動かす。基本的には調合法は毒薬も薬草も変わりなかった。ただ必要とする集中力はこちらの方が圧倒的に上だ。手袋はしているものの、手が滑れば、たちまち手袋ごと指先の指紋を溶かされかねない。

しっとりと額に汗が浮かぶ。それをいつもの癖で服の袖《そで》で拭《ぬぐ》おうとしたが、その瞬間強い力で腕を摑《つか》まれた。ぎょっと隣のお師匠を見やれば、彼女はいつもよりいくらか険しい顔をして首を二度横に振った。

あ、と。そこでようやく思い至る。もしこの袖口《そでぐち》に、毒薬が一雫《ひとしずく》でも飛んで染み込んでいたら？ つ、と背筋を冷や汗が滑り落ちた。

幾ばくかうるさくなった心臓を落ち着かせるためにも数度深呼吸して、それから作業を再開する。緊張はいつもの何倍も襲ってきたが、作業にかかった時間自体は回復薬の調合とそう変わらず。思っていたよりスムーズに毒薬が完成した。

「相変わらず教え甲斐《がい》のない弟子じゃのぉ……」

お師匠は私の手元を一瞥《いちべつ》して独りごちる。

基本的な作業は回復薬の調合と変わらないのだから、いわばこれは私の得意分野だ。しかし今なら分かる。お師匠の指導力も飛び抜けているのだ、と。

正直言って、エミリアーナさんに師匠もどきとして指導するまで、私は自分の師匠のことをとんだ放任主義だと思っていた。実際調合方法を横で教えてもらったのは一度きりで、教えを請えば言葉より先に本を差し出された。お師匠の「才能がある、教え甲斐のない弟子」という言葉も、馬鹿正直にそのまま受け取っていた。

お師匠が放任主義ということも、自分に才能があったということも、間違いではないだろう。しかしそこにプラス、お師匠の端的で的確な指導があった。

一回聞けば要点を摑める説明と、私の問いに最適な文献を差し出す判断と。私はとても幸運な弟子だったのだと今頃になって気づいた。

ちらりと横を見る。教え甲斐のない弟子だと笑うお師匠の瞳は、言葉とは裏腹にどこか嬉《うれ》しそうに細められていて、じんわりと温かい何かが胸の奥に広がった。

08：人語を話す魔物

——お師匠に教わり作った毒薬は、思っていたよりずっと早く披露の場を得た。

それは、ペトラ・ラドミラ・ユーリアの三人娘とペトラの家の裏にある大きな木の下で、涼みつつも談笑していたときのことだった。

がさり、と背後の茂みが揺れた音に気がついたのは、運が良かったとしか言いようがない。振り返ったその瞬間。暗闇にギラリと赤の瞳が光った。

（——魔物だ！）

はっと三人娘に目をやる。狼によく似た姿をした魔物の直線上、一番近くにいるのはラドミラだった。

無意識のうち、足が動く。恐怖心を抱く暇もなかった。何かに操られているような、迷いのない足取りだと他人事のようにどこか遠くで思った。

「ラドミラ、逃げて！」

私が立ち上がりラドミラの背を押したのと、茂みから魔物がこちらに飛び出してきたのはほぼほぼ同時で。

瞬間、右肩に突き刺すような痛み。魔物の爪が食い込んだのだと脳が痛みの原因を弾き出すよりも先に、左ポケットに護身用にいれていた毒薬を、半ば地面に落とすようにして魔物の方へ放り投げていた。動物としての防衛本能が働いたのか、はたまた神様《スタッフ》からそうするようラウラに指示《プログラミング》されたのか、自分でも信じられないくらい素早くスムーズな動きだった。

パリン、と容器が割れた音がする。途端、鼻腔《びこう》を突いた刺激臭。続いて聞こえたのは、シュウゥ、という、魔物の皮膚が溶ける禍々しい音だった。

「ラウラ！」

「火を！　あと武器屋のおじさん呼んできて！」

私の言葉を素早く理解し、誰よりも早く駆け出したのはユーリアだ。さすがは最年長と言うべきか、三人の中で彼女は誰よりも落ち着いていた。

駆け出したユーリアにはっと我に返ったペトラは、私の背後ですっかり腰の抜けてしまったラドミラを引きずるようにして下がらせてくれたようだった。ペトラも森に囲まれた村で生まれ、一人働きに出るような逞《たくま》しい女の子だ。動揺こそすれ、しっかりとこの場に相応しい行動を瞬時にとれていた。

ペトラとラドミラがいくらか魔物から距離をとったのを横目で確認して、すぐに目の前の魔物へと目線を戻す。私の投げた毒薬によって、魔物の顔の皮膚は醜くただれていた。

「ウ、ウゥ……」

（鳴き声じゃない……人の唸《うな》り声、みたいな……）

——人語を話す魔物。

その存在が脳裏に浮かんだ。

「ラウラ！」

その声は聞き間違えるはずもない、幼馴染《おさななじみ》のもので。

私は咄嗟《とっさ》に振り返りそうになり、ぐっと足に力を入れることでなんとか留まった。魔物を前にして――それも魔物に傷を負わせたのは私だ――背中を見せるのは危険すぎる。

ふわり、と背後から温かな光に包まれたような気がした。瞬間、目の前の魔物の足元に見覚えのある紋章が浮かぶ。――ああ、そうだ、この紋章はルカーシュの左目に浮かんでいるそれと全く同じだ。

地面に現れた紋章から光の柱が空に向かって立ち上がった。あまりの眩《まぶ》しさに思わず目を瞑《つぶ》る。

そんな私の鼓膜を劈《つんざ》いたのは、魔物の悲痛な断末魔の叫びだった。

ゆっくりと瞼《まぶた》を上げる。魔物を襲った光の柱が途切れたそこには、丸焦げになった魔物が臥《ふ》せっていた。

絶命したかのように見えた魔物だったが、黒焦げになった頭が動く。まだ生きているのか、と咄嗟に数歩後退すると、ルカーシュが私の前に庇《かば》うようにして出た。幼馴染の背中越しにではあるが、恨みがましい面をあげた魔物と目が合い、そして。

「オマエ、マブシイ……」

――間違いなく、魔物はそう〝言った〟。幻聴でも、魔物の唸りが偶然そう聞こえた訳でもない、明らかに人間の言葉だ。

ルカーシュの背中が動揺に揺れる。しかし彼はすぐさま剣を手に持ち、魔物に向けた。

「キエロ！」

そう叫び、魔物はルカーシュに向かって襲いかかる。恐らくは最後の力を振り絞っての攻撃だったのだろうが、ルカーシュはそれを難なく剣で振り払い、魔物の胸に剣を突き刺した。

魔物の体からズ……と剣が抜けていく。今度こそ絶命した魔物の体は地面に叩《たた》きつけられるようにして倒れた。

「ラウラ、大丈夫!?」

ルカーシュは振り返るなり私の右腕をとる。浅いものの血が流れ出る傷口を見て、彼は痛ましそうに表情をゆがめた。

正直見た目ほど痛みはない。いや、正確にはそれより気がかりなことがあるおかげか、痛みがだいぶ和らいでいる。

「大丈夫。ルカ、その力……」

「ちょっとは使いこなせるようになったんだ」

眉間《みけん》に皺《しわ》を寄せ、私の右肩の傷を止血しながら言う。こんな怪我《けが》、回復薬を飲めば一発なのにと思いつつも、幼馴染の心配が嬉しかった。

勇者の力を使いこなせるようになりつつあるらしいルカーシュ。よくよく考えれば、彼がその力を使ったのをこの目で見たのはあの日――〝私〟が目覚めた日以来だ。

「ねぇ、ルカーシュ、さっきの魔物……」

「……人の言葉を話してた」

ルカーシュは一瞬ぐっと喉《のど》を詰まらせたが、はっきりと言った。てっきりそこで言葉を切るかと思いきや、幼馴染はそのまま言葉を続ける。

「結界魔法も簡単に越えて来たし……あの力を使って、一撃で倒れなかったのも初めてだ。きっと今までの魔物より強い」

言語を話す魔物は、他の魔物より強い個体ではないか。

〝私〟の記憶からほぼほぼ確信していたことだが、ルカーシュは身をもってその違いに気づいたようだ。

しかし、このようなイベントが過去あったと「ラストブレイブ」の劇中で語られていただろうか。エメの村が襲われたところをルカーシュが勇者の力で退けた、といったNPCの台詞《せりふ》は覚えているが――

それにしても、プラトノヴェナとは遠く離れた地であるエメの村で、言語を話す魔物第二号が目撃されるとは。メタ的な視線から見れば、未来の勇者様であるルカーシュの周りでイベント――トラブルや異変――が起きるようにフラグ管理されている世界だ。ありえない話ではない。むしろ、なぜ第一号がプラトノヴェナに現れ、誰よりも先にその魔物と対峙《たいじ》した人物がアルノルトたちであったのか不思議なくらいだ。

「エメの村にかけられてる魔法はそんなに強くないから……」

村を囲うようにして魔物を遠ざける結界のような魔法がはられている。とはいえ、その魔法は名も知らぬ魔術師によってかけられたお粗末なものだ。こんな辺鄙《へんぴ》な村までわざわざ足を運んでくれる魔術師などそうそういなかったし、だからといって対価を払って偉大な魔術師を呼べるほどの財力はエメの村にない。しかし魔法というよりまじないに近い存在であった結界は、それでも最近まで――そもそも魔物は火を恐れ人の生活地域に立ち入りにくい習性も作用して――なんとか機能していたのだ。

しかし魔王復活が近づくことにより、魔物の強さはもちろんおそらくは魔物の凶暴性も増した。このような結界では、いくらルカーシュがいたとしても近いうちに犠牲が出てしまうかもしれない。

私はぐっと拳《こぶし》を握りしめて、しかしすぐに強張った体から力を抜いた。そして辛うじて微笑を浮かべ、険しい表情の幼馴染に声をかける。

「今度、王城の魔術師に頼んでみるね。もっと強い魔法をかけてもらえないか」

「その人って、アルノルトさん？」

間髪容《い》れず飛んできたルカーシュの問いに、私はぱちりぱちりと数度瞬いた。

私が口にした王城の魔術師、という単語は個人を指すものではなかった。ただ王城には強い魔術師が集まっているから、またそれなりに人脈を辿《たど》れば頼れそうな関係であるから、という単純な理由から思い浮かんだ選択肢だ。ルカーシュがアルノルト一人を名指ししたことに驚いてしまったぐらいには、良くも悪くも何も考えていなかった。

じっと青の瞳《ひとみ》に見つめられて、私は苦笑する。しかしアルノルトも頼れる魔術師の一人には違いないので、緩慢な動きではあるが首肯した。

「まぁ、候補の一人ではあるかな」

そう答えれば、ルカーシュは露骨に表情を曇らせた。

アルノルトは現在、王城にいる魔術師の中でも上位の存在だろう。正直彼に頼めるのであれば頼みたい。今よりもずっと強固な魔術でエメの村を守ってくれるはずだ。エメの村まで一度来てもらわなければならないから、忙しい日々を送っているであろうアルノルトには頼みづらい部分もあるが。

ルカーシュも薄々それを分かっているだろうに、このように苦い表情を隠さずに浮かべるとは、やはり。

「ルカって、アルノルトさんのこと苦手なの？」

「苦手になるほどあの人のこと知らないよ。でもなんか……合わないだろうなっていうのは感じてる」

浮かべた表情は苦笑だった。

ルカーシュは初めて会った時から、アルノルトをあまりよく思っていないようだった。アルノルトもアルノルトで、先日のようにルカーシュが礼を言ったのにもかかわらず、やけに冷たい言動で返すことが多い。

この先、おそらく二人の道はそれなりに交わるのではないかと思う。ルカーシュにとってアルノルトは、大切な仲間の兄だ。だからといって良い関係性を築いた方が良いという訳ではないし、それを本人に伝える気もさらさらないが、こうもルカーシュが他人に対して〝苦手〟という感情を示すのは珍しくて、ついつい苦笑してしまう。

「でもアルノルトさんは忙しい人だから、他の人にも声かけてみるよ」

そう付け加えれば、幼馴染は露骨にホッとした表情を見せた。

――それにしても、今回で魔物との遭遇は三回目だ。それも、毒薬の作り方を教わったすぐ後という、ある意味良いタイミングで。

毒薬を調合したすぐ後を狙われた辺り、神様《スタッフ》の意図を勝手に感じてしまう。もしかすると、私が毒薬の作り方を教わるというイベント自体が、今回の襲撃のフラグになっていたのか――などとゲーム的な考えが脳裏を過《よぎ》る。

ルカーシュという未来の勇者様の近くにいる以上、本編《みらい》への布石としてある程度イベントに巻き込まれるのは想定の範囲内だったが、それにしても三度目の遭遇は多すぎやしないか。それにプラトノヴェナの件はアルノルトを中心としたイベントだったように思う。実際、あの件をきっかけにアルノルトの名前は広まった。

そのハイスペックさからして薄々思っていたことではあるが、アルノルトはこの世界の重要キャラクターになり得る存在なのだろうか。

考えても分からないことだ。多少のイベントは起こり得るかもしれないが、とにかく今はこの休日を堪能しよう――そう腹を括った。

＊＊＊

大人たちに一通りの状況説明をし終わった後、私はラドミラを連れて自宅へと帰って来ていた。自宅には先日ルカーシュに作ってあげた回復薬の残りがあるからだ。

ラドミラを家に招いたのは、私の傷をしきりに心配する彼女を思ってのことだった。回復薬を飲んであっという間に傷がふさがる様を目の前で見せれば、友人が自分を庇って怪我《けが》をした、という彼女の心の傷も多少は癒えるのではないかと考えた。

「これぐらいの傷、回復薬を飲めばすぐに治るから」

ラドミラに微笑《ほほえ》みつつ、それにしても、と容器を手にとって思う。傷を癒す回復薬を飲むのは初めてだ。

透き通った色のそれをじっと見つめ、それから一気に飲み下した。途端、血がぐわっと患部に集まっていくのを感じ——なぜだろう、この感覚には覚えがある。そこではっと思い至った。先日、エルヴィーラにと試行錯誤した回復薬の、失敗作を飲んだ時の感覚に少しだけ似ているのだ。

あの時のような、血管が灼《や》けたのかと錯覚するほどの痛みはない。ただ熱が全身を巡るような感覚はよく似ていた。

（もしかしてあれは、失敗じゃなかった……？）

まだ判断するには材料が少なすぎる。しかし、前回の〝アレ〟を失敗だと決めつけるのも早いかもしれない。

帰ったらもう一度、どうにかこうにか試せないだろうか——などと考えていたら、患部に集まっていた熱が引いていくのを感じた。目で確認すれば、魔物の爪によって残された傷痕はすっかり塞《ふさ》がっている。

未だ涙を眦《まなじり》に溜《た》めているラドミラに、ぐい、と見せつけるように右腕を差し出した。

「ほら、もう治ったよ」

「……ほんとぉ？」

「本当。ほら、見て？」

「ラウラァ、ほんとにごめんねぇ」

私の右腕をぎゅっと抱きしめて、ラドミラは再びその瞳から涙をこぼした。

痕も残っておらず、一体どこが傷つけられたのかももう分からないほどだ。それでも謝りながら涙を流すラドミラはいじらしかった。

「そんなに気にしないで、ラドミラ。傷痕も全然分からないし……」

「でもぉ……」

「それより、私が投げた液体かからなかった？　大丈夫？」

なおも言い募るラドミラに、私は話題を変える。突然問いを投げられた彼女はきょとん、と目を丸くして、ゆっくりと首を傾《かし》げた。どうやら私の質問の意図を理解していないようだ。

私はラドミラが着ているワンピースを注視しつつ、言葉を重ねる。

「ちょっとした毒薬だから、服にかかっちゃったらそのまま捨てて欲しいの」

魔物の皮膚を溶かすほどの毒性を持つ薬だ。もし人の皮膚にかかってしまったら、と想像するだけで背筋が凍る。

万が一ラドミラに毒薬がかかってしまっていたのなら、その瞬間に悲鳴をあげていたはずだ。だからその心配はないだろうと思ってはいたが、服の裾《すそ》についていて――なんてことも、あり得ないとは言えない。

しかし一向にラドミラからの返答はなかった。目を丸くした表情のまま、私の顔を覗《のぞ》き込んでくる。どうしたのだろうと思いつつも、とうとう私はしゃがみこんでラドミラのワンピースの裾を確かめた。

「……それって、ラウラが作ったの？」

「お師匠に手伝ってもらったけどね」

「すごぉい！」

先程までの暗い表情を一変させて、ラドミラはしゃがんだ私の顔を、同じく勢いよくしゃがみ覗き込んで来た。その切り替えの早さに驚きつつも、真っ正直に自分の感情を声と表情に乗せるラドミラを好ましく思う。

ざっと見た感じではあるが、特に毒薬が服に飛んでいる様子は見られない。そう判断し立ち上がると、私を追うようにラドミラもまた立ち上がった。

「ね、ね、色々お話聞かせてぇ？　どうやって作るのぉ？」

目を輝かせてずい、と顔を近づけてくるラドミラは、まるで年の近い妹のようだ。

そんなに面白い話でもないよ、としっかり前置きしてから、彼女が投げかけてくる質問に一つ一つ答えた。

「材料はなぁに？」

「毒草。その名前の通り、毒性を持ってる草だよ」

「作り方はぁ？」

「まずすり潰《つぶ》して、真水で煎《せん》じるんだよ」

「すり潰すって、どうやってぇ？」

「こう、棒状のもので――」

その後もラドミラからの怒濤《どとう》の質問攻撃に圧倒されつつも答えていると、母が「お客様よ」と遠慮がちに声をかけてきた。ラドミラには部屋で待っているよう伝えてから立ち上がり、来客が誰かも確かめずに玄関へと向かう。

向かった先、家の玄関に立っていたのは、

「ラウラ、突然ごめんなさい」

ユーリアだった。

予想外の来客に首を傾げる。

「怪我は平気？」

「う、うん。心配かけてごめんね」

「あれぇ、ユーリア、どうしたのぉ？」

「あらラドミラ。あなた、ラウラの家にいたのね。……そうだわ、少しいい？」

どうやら私の後ろをついてきたらしいラドミラと、ユーリアが何やら小声で数言交わした。ここからでは会話の内容は聞き取れない。

ラドミラは複数回頷《うなず》いたかと思うと、「わたし、そろそろお暇するねぇ。お邪魔しましたぁ」とのんびり告げた。そして私が突然のことに驚いている間に、あっという間に駆け出して行った。マイペースに見えて、案外動きは俊敏なところがあるのだ。

一人置いて行かれた私と、ユーリアの目が合う。薄く微笑まれる。よくわからないが、とりあえず応えるように私も微笑んだ。

家に上がるかとユーリアをそれとなく促したが、彼女は黙って首を振るだけで。一体なんの用件だと私が尋ねるよりも数瞬先に、ユーリアが口を開いた。

「私、今度結婚するの」

——突然すぎる告白に、私は十数秒、たっぷり固まった。

（ユーリアが、結婚？）

すっかり思考停止してしまった脳で、それでもなんとか友人として絞り出せたのは、拙《つたな》い祝福の言葉だけ。

「……お、おめでとう！」

「びっくりしたって顔してるわね」

ふふふ、とユーリアは笑う。その微笑みはとても落ち着いていて、大人びている。

ユーリアは私より二歳上と考えると、小さな村に住む娘としては適齢期と言えるかもしれない。

しかし本編開始時点で、主人公と同世代の少年少女は誰一人として結婚していなかったはずだ。尤《もっと》も最序盤にしか登場しないＮＰＣたちだから、絶対の自信があるかと言われてしまうと言葉に詰まるが。

なるほど、結婚か。

じわりじわりと咀嚼《そしやく》できた事実に、私は改めて目を丸くした。

「そりゃ……驚くよ。だってそんな話、今までだって一度も……」

「話してないもの」

あっけらかんと言う。確かに話された覚えはないのだが、こうもはっきり言われるとなんだか笑えてきてしまった。

ペトラやラドミラ、それにルカーシュはこのことを知っていたのだろうか。話題も流行もない小さな村だ、結婚話となればあっという間に広まりそうだが――

そこではた、と思い至る。相手は一体誰だろう。話を聞く限り、ユーリアはペトラのように他の町へ働きに出ている訳ではない。だとしたら。

「誰と結婚するのか、聞いていい？」

「セルヒオよ」

告げられた名前に、咄嗟《とつさ》に反応できなかった。

セルヒオ、セルヒオ──何度か口の中でつぶやいて、名前の主を脳裏に思い浮かべようとする。その作業に数秒を要して、ようやく一つの顔が浮かんだ。

赤茶の癖の強い髪にそばかす。そうだ、セルヒオとはエメの村に住む少年だ。

しかしユーリアとそれらしい交友があったかというと、全く記憶にない。私が王都に出るようになってから仲を深めた可能性もあるが。

「……二人、仲良かったっけ?」

「それなりにね。ラウラはルカーシュ以外の男の子とあまり話さないから知らなかったでしょう?」

ぐさり。痛いところを突かれた。

勇者様の幼馴染《おさななじみ》という職業《せってい》から抜け出そうともがいた数年前、その足掛かりとしてユーリアたちとより一層仲を深めようと奮闘した。しかしその一方で、村の少年たちとはほとんど交友を得ようとはしなかった。

なぜ、と問われても特に理由があった訳ではない。ただ単にあちらから私に話しかけてくることはほとんど無かったし、そもそも私は初めからこの村を出ようと考えていたのだ。特に必要性を感じなかった──という本音は、いささか性根が悪いだろうか。

それにしても、ユーリアは聡明《そうめい》な美人だ。セルヒオは幼い頃こそルカーシュをからかっていた悪ガキだったが、ゲーム開始時はそれなりに逞しく成長していた覚えがある。他人の色恋沙汰《ざた》に口を挟む気はさらさらないが、良い家庭を築いて欲しい、と素直に思った。

「とにかくおめでとう。前もって言ってくれれば、何かお祝いを買って来たのに」

「これぱっかりは自分の口から言いたかったのよ」

ユーリアはここにきて頰を赤らめた。その表情は先ほどよりも幼く、年頃の少女のようだ。恋をしているのだと、なんだか微笑ましくなってしまう。

「よ、ラウラ」

「あ……おめでとう、セルヒオ」

恐らくは扉の傍で控えていたのだろう、脇からセルヒオがひょっこりと顔を覗かせる。その頰はユーリア以上に赤らんでいた。

それとない世間話を交わしたことはある。お互いにお互いをきちんと認識している。この狭い村だ、それは当たり前だろう。しかしエメの村で暮らしていた最後の数年はほぼほぼ自宅とお師匠の家の往復のみだったから、それなりのブランクが生じている。つまりは——彼は初対面の人間よりも、正直距離感を計りかねる存在だった。

「あの……お祝いは何がいい？」

「王都のうまい菓子でも送ってくれ、ユーリアが甘いもん好きなんだ」

ははは、と笑う。ルカーシュをからかっていた悪ガキ、というイメージが抜けきっていない私からしてみると、その爽《さわ》やかな笑顔には少々戸惑いを覚えた。

丸くなった、というには早すぎるだろうか。しかしそう表現したくなってしまうほどセルヒオの表情はさっぱりとし、その瞳《ひとみ》はこれからの伴侶《はんりよ》との人生を見つめるような強い光を湛《たた》えていた。

それに、ルカーシュとも既に数年前和解済みだ。幼いルカーシュをからかっていたことまで水に流すつもりはないが、当人同士の関係に頭を突っ込んで掻《か》き乱してはいけないだろう。

予想通り会話は弾まず、私たちの間に沈黙が落ちる。するとそれを気まずいと感じたのか、赤くなった頬を指先でかきながらセルヒオは言った。

「お前たちの先を越すことになるなんてなぁ」

「……お前たち？」

「ラウラと、ルカーシュ」

——それなりに努力をしてきたつもりではあるけれど。やはり、私とルカーシュはそういった言及を受ける関係に見えてしまうのか。

しかしよくよく考えずとも、実際私と一番仲のいい男子はルカーシュだし、その逆もしかりだ。お互いに大切な幼馴染という関係まで壊すつもりはない以上、ある程度こういったことを言われるのは予想の範囲内だった。

——そう、範囲内ではあるのだが、仲のいい男女を見るなりすぐさま恋愛関係に結びつけるこの村の人々には苦笑する。小さな、同じ村の出身者同士が結婚することも少なくない村であるから、彼らにしてみれば至極当然の思考なのやもしれないが。

「あはは……確かにルカーシュは大切な幼馴染だけど、セルヒオとユーリアみたいにはならないんじゃないかな」

「そうなのか？」

頷けば、セルヒオは心底意外だ、というような表情を浮かべていた。彼だけじゃない、隣のユーリアもだ。もしかするとエメの村では、ルカーシュとラウラが結婚するのは——彼らにとっての——既成事実なのかもしれない。

それと共に、ペトラの私に許しを乞《こ》うような言動に納得した。なるほど村人たちにこのように思われている二人の間に割り込む——割り込む、という表現は実際は適していないのだが、ペトラからしてみればそういった心情だろう——のは勇気がいるかもしれない。

「幼馴染だからって、簡単に結婚しないよ。……二人とも、結婚式には呼んでね」

ムキになって否定してもそれはそれであらぬ誤解を招くかもしれない。私はできる限り軽い口調で付け足した。

何やらユーリアもセルヒオも納得していないような表情を浮かべていたけれど、「結婚式に呼んでほしい」との言葉には笑顔で頷いてくれた。

——さて。これは一度ペトラに〝その意思〟が私にはないことを伝えておいたほうがいいだろうか。しかし私の存在を抜きにしても、数年後彼女が失恋する事実はほぼほぼ変わらない。

ペトラの恋に関しては、やはり静観が最もいい道なのか。私はまだ、答えを出せずにいた。

「もちろん呼ぶわ。いつになるかはまだ決めてないけれど」

微笑むユーリアは美しい。疑っている訳ではないが、セルヒオとの結婚は彼女が心から望んだものなのだろうと確信できた。

末永くお幸せにね。二人を揶揄《からか》う響きも込めたその言葉を贈ろうと口を開いた、その瞬間。

「そうだわ、ラウラ。私たちの子どもに調合を教えてくれる？」

思いもよらぬ頼みごとをされた。

(私たちの子どもって……まさか)

私は不躾《ぶしつけ》にも、ユーリアのお腹に目線をやった。見る限り、そこが膨らんでいる様子はない。

あからさま過ぎる私の行動に、ユーリアは眉《まゆ》をひそめるどころか声を上げて笑う。そして「将来の話よ」と付け加えた。

「まだ予定はないわ」

「そ、そうだよね、びっくりした……」

「……でも、いずれは、ね。エメの村は……ほら、村人も少ないでしょう。働き手を増やすのも、私たちの仕事の一つかと思って」

——前世であれば、時代錯誤な考えだと声が上がりかねない言葉だった。しかし、この世界、この時代では、当たり前というべき言葉でもあった。

閉鎖的な村で暮らす、若い女性の仕事。それは子どもを産むことに他ならない。その分男性たちは女性や子どもを身を呈して守り、小さな村は細々と続いてきたのだ。

その事実を今更ながら突きつけられる。「ラストブレイブ」のラウラとルカーシュが村人たちに執拗《しつよう》に結婚を迫られていたのも、その先の新しい命を思ってのことだったのだろう。それを糾弾するつもりはない。〝私〟からしてみれば非常識でも、この村の住民からしてみれば常識なのだから。

あぁ、と深く息をつく。ユーリアはこの村で、自分の設定《やくめ》を見つけ、受け入れ、それを果たそうとしているのだ。そしてそれと同じものを、恐らくは私やペトラ、ラドミラにも村人たちは期待している。

ペトラは自覚しているのかもしれない。だからこそ、好きな人——ルカーシュを私に告白してきたのかもしれない。

ラドミラはどうだろう。彼女は私たちの中でも一番幼く無邪気だから、まだ自覚はしていないように見える。けれど、彼女もいつか。

設定《やくめ》を果たそうと背筋を伸ばすユーリアは、ひどく美しく、大人に見えた。

09：日常

――朝、寝ぼけ眼の私を家に誘ったのはペトラだった。

『たまには二人だけで遊ばない？』

その言葉に、私は後ろめたいものは何もないはずなのにギクリとした。

そうは言っても友人の誘いは素直に嬉《うれ》しかったし、一対一でペトラと改めて話す必要性は私も感じていた。あの手紙をもらってから、どうもペトラとの距離を測りかねていたのだ。

なんとなく、で気まずくなって、友人との距離が開いてしまうのは寂しい。ここは一つ、腹を割って話したい――ところだったが、話したところで、私はどうするべきか分からない。

ペトラは十中八九、ルカーシュの話を振ってくるはずだ。私はペトラの恋を応援したいと思う。それは紛れもない本心で、けれどルカーシュの未来を知っている〝私〟には、応援という行為自体が酷なのではないかと思えてしまって――

「ラウラ、いらっしゃい」

ぐるぐるとまとまらない考えと共に、私はペトラの家を訪れた。村長の娘だけあって、彼女の家は他と比べると幾分立派だ。招かれたペトラの部屋も、私の部屋よりずっと広い。

部屋に入るなり、用意されたお菓子と飲み物が目に入る。準備万端だ。

勧められるまま椅子に座った。そして開口一番に、

「ねぇ、ラウラ。ルカーシュって私のこと、どう思ってるのかな？」

なんとも答えにくい問いが投げかけられた。

ジュースを口に含んでいなくてよかった。飲んでいたらおそらく噴き出していた。

「そ……っれは、私には、どうにも……」

「そうだよね……」

正直な話、ルカーシュとの間でペトラの話題が出たことはないし、出たところで私からそれを口にするのは憚《はばか》られただろう。ペトラからしてみれば私はルカーシュと一番近い女の子だ。何気ない言葉が彼女の心を踏み荒らしてしまいかねない。

「ラウラは王都に好きな人いないの？」

「えっ」

「ほら、ラドミラはまだ幼いし、ユーリアはもう結婚しちゃうしで、恋の話をする相手がいなくて」

えへへ、と笑うペトラの表情に他意は見受けられなかった。

ユーリアは結婚するから恋バナをしようともペトラとは立場が変わってくるし、ラドミラに関しては申し訳ないと思いつつも納得できなくもない。ラドミラは私たちとそう歳が離れている訳ではないけれど、甘えたな口調といい、態度といい、友人というよりは妹を思わせる存在だ。

となると、ペトラが対等な立場で恋バナができる存在は今、私ぐらい——もしかすると働き先に

同年代の女の子がいるかもしれないが——なのだろう。しかし。

「私はいないなぁ……正直それどころじゃないっていうか」

生憎と、私に提供できるような話題は何一つとしてなかった。するとペトラの方からおずおずと、しかし誤魔化しのない真っ直ぐな疑問が投げかけられる。

「あの魔術師の人は？」

「……アルノルトさん？　お世話にはなってるけど……」

このやり取りにデジャヴを覚える。果たしてなぜかと考えて——あぁそうだ、王属調合師見習いになってすぐ、アルノルトとの仲を何度か誤解されたことがあったと思い出す。

ペトラが知っている、私と関わりのある男性といえばルカーシュと一瞬だけ会ったアルノルトぐらいだろう。だから彼の名前が出てきたのも理解できた。そもそも考えれば、それなりに濃い付き合いのある同年代の男子なんて、ルカーシュとアルノルトぐらいしか——

年頃の女子として少々物悲しい現実に気づきつつも、私は改めて微笑《ほほえ》み、

「ただの先輩だよ」

そう答えた。

「ふぅん、そうなの……」

ペトラのその声に少なからずつまらなそうな響きを感じ取ってしまい、私は思わず誤魔化すような言葉を続ける。

「あー……正直、今は恋とかする気なくてさ。調合一筋だから、なーんて」

「恋バナをしたい、好きな人はいないのか」に対する返事が「今は好きな人はいない」なんて流石《さすが》に面白くないだろう。少しは話を広げる努力を見せなくては。

あはは、と笑ってみせたものの、ペトラの口元は引き結ばれたままだ。

ここは変に自分の話題を引き延ばすよりも、ペトラへと話題を振り返したほうがいいだろう。とにかく気まずい沈黙をどうにかしたくて、勢いのまま〝その質問〟を口にしてしまった。

「そういえば、ペトラはどうしてルカーシュのこと好きになったの？」

「えっ、ええっ⁉」

ペトラは瞬時に顔を真っ赤に染め上げる。その反応に、失言だったかと数秒前の言葉を悔いた。

目の前の彼女はわたわたと忙《せわ》しなく首や手を振って、何やら私には言いたくないように見えたため、すぐさま「ごめんね」と質問を取り下げようとしたのだが――それよりも早く、ペトラはぽつりと呟《つぶや》いた。

「……決定的なきっかけがあったとかじゃ、ないの」

反射的に「うん」と相槌《あいづち》をいれれば、ペトラが上目遣いでこちらの様子を窺《うかが》ってきた。それにゆるく微笑んで応えると、ペトラも安心したように口角をあげる。

もしかしなくても、これは失敗ではなく成功だったかもしれない。ペトラも年頃の女の子。恋バナ――自分の恋の話を誰かに聞いて欲しかったのだ、きっと。

「ただ、昔から他の村の男の子とはちょっと違うなって思ってて……ほら、他の男の子たちはみんな……元気だから」

私はユーリアの婚約者を思い出す。それと共に、ルカーシュをからかっていた村の男の子たちの姿を脳裏に浮かべた。

確かに彼らは、ルカーシュと比べると随分活発だった。山奥の村に生まれた男の子としては、彼らの方が〝普通〟でルカーシュが〝変わっていた〟のかもしれない。野を駆け回り、元気に暮らす男の子たち。少しばかり過ぎたこともしていたが、こんな辺鄙《へんぴ》な村だ、遊び相手は大自然かお互いしかいない。

けれどその元気さがペトラからしてみればあまり好ましくなかったらしい。ペトラは小さい頃は特におとなしい性格をしていたから、乱暴な男の子は怖かったのかもしれない。

「私、男の子苦手で……でもルカーシュとは自然と話せたの。ルカーシュの、穏やかな性格のおかげだと思う」

確かにルカーシュとペトラが会話しているところは何度か見かけた。ルカーシュとしても、穏やかな性格のペトラは接しやすかったのだろう。思えば、二人の感情の起伏が穏やかな面は少しばかり似ている。

脳裏に幼馴染《おさななじみ》の顔を思い浮かべながら、ペトラの話に耳を傾ける。

「ここ数年でぐっと大人っぽくなったというか、逞《たくま》しくなったし……。魔物が村を襲った時も、おじさんたちより前に立って村を守ってくれた」

ふ、と虚空を見つめるペトラ。その赤らんだ頬から、その先に好きな人を思い浮かべているのだろうと分かる。

「それで……前から思ってたけど、かっこいいなぁって、気づいたら目で追うようになって……」

一度そこで言葉を切る。そして、

「好きになってた」

その言葉でペトラの恋バナは締めくくられた。

なるほど可愛《かわい》らしい初恋話だと思うのと同時に、その想いは数年後どのような終わりを迎えるのかと考えると、胸が苦しくなる。

「ラストブレイブ」で〝私〟が体験した通り、ルカーシュは古代種の少女と恋に落ちる、この世界を救うことが定められているはずだ。私はその未来を望んでいるし、その未来のためにエルヴィーラの自壊病を治そうと奮起している。だから言うなれば私も、ペトラの失恋を望んでしまっているようなもので――などと考えて、はた、と思い至る。

「ラストブレイブ」のヒロインである古代種の少女とルカーシュの恋は、この世界でも決められたものだとばかり思い込んでいた。しかし。

消えた噴水広場。

アルノルトという未登場キャラクター。

エルヴィーラの自壊病。

両足を失ったアレクさん。

そして、調合師という道を選んだ、ラウラ・アンペール。

そう、この世界は「ラストブレイブ」と全く同じではない。異なる点・要素が見受けられる。だとしたら、ルカーシュが古代種の少女と結ばれる未来もまた、この世界では変わるかもしれない。
今世ではもう一つの世界線《ルート》――村の幼馴染と結ばれる未来が、勇者様には待っているかもしれない！

その考えに及ばなかったのは、ルカーシュと古代種の少女の恋が、ストーリー――彼らが世界を救うまでの過程――に欠かせないほど大きな要素だったからだ。魔王が人間に味わわせた絶望の中、二人の強い想いは紛れもない光だった。だからいくらこの世界で「ラストブレイブ」との相違点を見つけようと、〝私〟は無意識のうちにそこが揺らぐことはないと思い込んでいた。

実際、そうなのかもしれない。しかし、古代種の少女との恋がなんらかの形に変わって――例えば性別を超えた友情だとか、家族のような友愛だとか、はたまた思い切って、古代種の少女はこの世界には現れず、別のキャラクターがその存在に取って代わるだとか――この世界を救う光になる可能性はゼロではない。ゼロではないのだ。

ペトラの恋心はこの先どうなるか分からない。それは普通の恋も同じはず。だとしたら友人として、彼女の恋を応援しても良いのではないか。

何も無理にくっつけようだとか、逆に無理に遠ざけようだとか、そう考えている訳ではない。ただ――そう、ただ見守るだけ。それは静観とそう変わらないが、私自身の気の持ちようとしては随分楽になる気がした。

「そうだったんだ。……ペトラ、恋する女の子の表情してる」

屁理屈《へりくつ》を捏《こ》ね繰り回して幾分気分が軽くなったところで、私は本心を口にした。するとボッとペトラの顔が耳まで真っ赤に染めあがる。その分かりやすい変化はまるで漫画のようだった。

「もっ、もう、ラウラ！　からかわないで！」

「からかってなんかないって！　ペトラはルカーシュのこと、本当に好きなんだなーって」

あはは、と笑う。久しぶりにペトラに気後れせず、友人らしい軽口が叩《たた》けたように思った。

自覚する。ことルカーシュに関しては、私はまだまだ前世の記憶——「ラストブレイブ」をかなり引きずっているらしい。

それが悪いことだとは思っていない。実際〝私〟の記憶通りに事が進めば、この世界の平和は約束されたようなものなのだ。誰に弁明する訳でもないが、それを望んでしまう気持ちはどうか許してほしい。

「こういう話、また聞いてくれる？」

「私でよければ」

「ありがとう！　……王都と違って、この村は話題も楽しいこともないでしょ？」

ペトラは憂うように瞼《まぶた》を伏せた。その表情に、彼女はこの村での生活に満足していないのだと察してしまって。

「私はラウラみたいに、才能もないから……きっとエメの村で一生を終えるんだろうなって思ってるの。でも好きな人と一緒なら、それも幸せかなって」

ペトラの言葉に、私はなにも答えられなかった。

年頃の女の子が暮らすには、あまりに不便で娯楽がない村だ。だからといって、簡単に村を出られるような財や地位を持つ人物も、この村にはいない。その退屈さを享受しつつ、このような閉じた村で暮らすことを強いられるのは、残酷ではあるがよくある話だろう。

しかし、その人生も捨てたものではないはずだ。普通がいちばんの幸せだと言ったのは誰だったか。同じ村の相手と結ばれて、子を生《な》し、命を繋《つな》げていく。立派な人生だ。そうは分かっていても──思わずにはいられない。自分に調合師という道があって良かったと。

(私に調合の才能がなかったら……)

記憶が蘇《よみがえ》ったあの日から、この村を出る手立ても何も得られず、変わらずエメの村にいたら──一体私はどうしていただろう。案外元気に暮らしていたかもしれない。けれどももしかすると、鬱々《うつうつ》とした日々をただ過ごす、生きた屍《しかばね》のようになっていたかもしれない。

「この先なにが起こるかなんて、誰にも分からないよ。ペトラも一年後、もしかしたら全然違う場所にいるかも」

ペトラの顔を下から覗《のぞ》き込むようにして、わざとすっとぼけたように笑う。するとペトラは一瞬ぐっと顎《あご》を引いたが、応えるように微笑んでくれた。

真っ先にこの村から出て行った私が何を、なんて思われているかもしれない。実際村に帰って来る度、自分とペトラたちとの間に流れている時間の違いを感じる。ユーリアの結婚がその最たるものだが、ペトラが働きに出はじめたことも──

自分で選んだ道なのに、その道が村の友人たちと遠く離れたところにあることに、寂しさを覚えていた。

仕方のないことだろうとは思う。実際考え方も、この村で暮らすのと王都で暮らすのとでは変わってくるだろう。けれど私は、エメの村を捨てた訳ではなかった。たとえ自分の意思で離れた村だとしても愛しい故郷には変わりない。そしてペトラたちも、その故郷の大切な友人だ。

「ペトラの恋バナ、また聞かせて。なんだったら手紙でも」

目を丸くして、首を傾《かし》げたペトラにはっとする。

(あ、そうだ。恋バナって単語、この世界にはないんだった)

そのことを〝私〟はすっかり忘れてしまっていた。

＊＊＊

夕食を食べ終わってすぐ。食後のお茶をのんびり優雅に楽しんでいた私の目の前に、一枚の肖像画が差し出された。肖像画と言っても、暗めの茶髪で目元がほとんど隠されてしまっており、顔立ちはよくわからない。姿勢もあまりよくないせいか、鬱々とした印象を受けた。年齢は私よりいくらか上の青年、といったところだろうか。

一体この肖像画は——とこちらに差し出してきた母を見上げると、彼女は困ったように笑って、

「ねぇ、ラウラ……お見合いをしてみるつもりはない？」

とんでもない爆弾を落としてきた。

「おっ、お見合い!?」

口に含んでいたお茶を噴き出しそうになって、咄嗟《とっさ》に手で口元を押さえる。ぐ、となんとか飲み下し「何言いだすの……」と呟いた。

お見合いだなんて、突然何を言い出すのだ。確かに同じ村のユーリアは結婚するようだけれど、彼女は私より二歳年上だ。いくら結婚が早い小さな村出身だとしても、十五歳になりたてでお見合いは早すぎるだろう。

私の唖然《あぜん》とした呟きを拾った母は、申し訳なさそうに眉根《まゆね》を寄せながらそっと口を開く。

「それがね……その前に、親戚《しんせき》のヨニーおじさんって覚えてる？」

ヨニーおじさん。なんだか愉快な響きの名前だが、正直全く心当たりはない。

私が言葉なしに首を傾げれば、母は苦笑を深めて言葉を続けた。

「そうよね、覚えてないわよね。おじさんと最後に会ったのは、あなたがまだ三つのときだったもの。お父さんのお兄さんなんだけど、ヨニーおじさんのところに、今年十八になる息子さんがいるらしいの」

お父さんの、お兄さん。つまりは私にとっての伯父さん、ということか。

母の言葉からして一度過去に会っているらしいが、意識して記憶を掘り起こしてみても全く思い出せない。彼だけに関してだけでなく、三歳のときの記憶なんてもうほぼほぼ覚えていないのだ。

とにもかくにも、私にはヨニーという愉快な名前の伯父さんがいるらしい。そして、彼には今年十八になる息子さんがいる。

「その子が……その、すごく、引っ込み思案らしくて。このままじゃ嫁をもらえないって、おじさんたちが焦っててね」

引っ込み思案らしい。その情報から、もしかして、と先ほど差し出された肖像画に目を落とす。

この彼がそのヨニー伯父さんの息子さんだろうか。長い前髪で顔立ちを隠していることからして、〝それっぽい〟。

正直、嫌な予感しかしない。いいや、もうすでに母が言わんとしていることはわかっていた。お見合いをしないかという問いかけの後に、こうしてある一人の男の子を紹介されたということは。

「それで、身近な女の子ってことで……ラウラにお見合いの話が――」

「この人のところに嫁に行けっていうの⁉」

私はバン、と机を叩いて立ち上がった。

お見合いなんてまっぴらごめんだ。嫌に決まっている。それも会ったこともない、三つ年上の男の子とだなんて。――お見合いとはそういうものだ、という冷静なツッコミは無視する。

私は絶対頷《うなず》かないつもりでキッと眉《まゆ》を吊《つ》り上げた。すると、母は慌てたように顔の前で何度も手を振る。

「違うわ！　もちろんそんなお話はお受けできないって断ったんだけど、せめて本人に話だけでもしてくれないかって食い下がられちゃって……。そうよね、嫌よね」

表情は安堵《あんど》に満ちていた。その表情と言葉から、どうやら母にとってみてもこのお見合いは望んだ話ではないのだと分かり、些《いささ》か冷静さを取り戻す。

息を一つついてからもう一度席に座りなおすと、母はほっとしたように胸に手を置いて、大きく息をついた。

「ラウラがお見合いの話をはっきり嫌がってくれてホッとしたわ。お母さん以上に、きっとそこでコソコソ聞き耳立ててるお父さんが」

「や、やぁ……」

母が指さした扉——父の個室へと続く扉——がゆっくりと開く。そこには固い笑みを浮かべた父が立っていた。どうやら扉の向こうで聞き耳を立てていたらしい。

無理やり結婚させられる訳ではないのだと知って、私もほっと胸を撫《な》で下ろす。この肖像画の男の子が生理的に無理、だなんてことはもちろんないが、それでも自分のあずかり知らぬところで、自分の一生に関わることを勝手に決められては不愉快だ。

父は気まずそうに視線を辺りに泳がせつつも、私の前の席に座った。眉尻《まゆじり》が下がり切ったその表情は、正直とても情けないものだった。

「すまないな、ラウラ。兄貴には色々と世話になってるもんだから、こっちから中々強く出られなくて……でもラウラが嫌だっていうなら、きちんと断って来るから」

「ラウラがお嫁に行ったらどうしようって泣きそうだったのよ。子離れできないんだから」

うふふ、と笑う母と、気まずそうに俯《うつむ》く父。どうやら自分の出した答えは最適解だったのだと両親の言動から察せられた。これで一件落着——と言いたいところだが。

ユーリアの結婚に、ペトラとの恋バナに、お見合いの話。

「お母さんとお父さんは、私に早く結婚してほしい？」

私の問いかけに、両親の表情から笑みが消えた。

は、と父が短く息を吐いたのが分かる。どうやら動揺しているようだ。穏やかになりかけた空気を自らの言葉で壊してしまったことに罪悪感を覚えつつも、以前からの疑問を投げかけるなら今しかない、と思ってしまった。

正直言って、今の私は結婚も恋愛もまったく展望が見えない。それどころではない、そんな気にはなれない、と言った方がより近いかもしれない。私本人としては特に気にしたことはなかったが、両親からしてみれば、やはり早いところいい人を連れてきた方が安心するのではないか、という考えももちろんあった。

「……そうね、それも素敵かもしれないわね」

母の言葉に、覚悟はしていたもののドキリと心臓が高鳴る。

やっぱり——と自分で話を振っておきながら気まずさを感じて俯いた、瞬間。

「でも、ラウラが王都でたくさんの人の命を救っているのも、とても素敵よ」

母の柔らかな声が落とされた。

反射的に顔を上げる。慈愛に満ちた表情の母と目があった。

「いろんな生き方があるでしょう。ある人にとっては結婚が幸せかもしれないし、ある人にとっては夢を追うことが幸せかもしれない。どの道を選んでも、ラウラが幸せならそれがお母さんは一番嬉《うれ》しいわ」

両親は以前から私の夢に理解を示し、好きにやっていいと応援してくれてきた。しかし同時に、魔物の襲撃を受けたという話にあまりいい顔はせず、戻ってきてほしいと言葉なしに瞳《ひとみ》で訴えられているようにも思えた。だから、と続けていいのか分からないが、先ほどの私の問いにこのように答えてくれるとは、思ってもみなかった。

いろんな生き方がある。当たり前だがこの世界、そしてこの村ではなかなか認められない生き方だと自覚があるからこそ、母の言葉は胸にしみる。

一呼吸おいて、母は続けた。

「……もちろん、それとこれとは別で、危険なことにはなるべく巻き込まれないでほしいけれど」

その言葉は耳に痛い。

私が苦笑して場の空気を濁すと、今度は父が口を開いた。

「この村だと、どうしても早く結婚して子どもを産めって話になるからなぁ。それが悪いことだとは言わないが……ラウラはそういうの、気にしなくていいからな」

父は歯を見せて笑う。どうやら父も母に同意見のようだった。

こうも両親が揃《そろ》って、自分の、他人とは少し違う生き方を肯定してくれるとは嬉しい限りだ。けれど前回帰省した際の物言いからはそれなりに変化していて——前回は、戻ってきたければいつでも戻ってこいといったことを言われた覚えがある——この空白の期間に、多少なりとも心変わりを見せるきっかけがあったのかと、その部分が気にかかる。

「実を言うと本当に最近まで、ラウラにもできるだけ早く結婚してほしいなって思ってたの。でもいざお見合いの話が来たらお母さんもお父さんもびっくりしちゃって……結婚してほしい、じゃなくて、危険な目に遭わないように安全な場所にいてほしい、が正解だったみたい」

組んだ手を何度も握りなおしながら、母は恥ずかしそうにはにかんだ。

なるほど、安全な場所にいてほしいという目的を、娘の結婚という手段で果たそうと考えていたのか。それも、無意識のうちに。

「今もその気持ちは変わらないけれど、でもね、この前カスペルさんって方から、とても丁寧な手紙をいただいたのよ」

思いもよらない言葉だった。

プラトノヴェナへ私を向かわせたことを、カスペルさんが後悔しているらしいことは知っていた。直接それを聞いた訳ではないが本人の態度からしてもそれは分かった。けれどまさか、両親にそんな手紙を書いていたなんて。

「今回娘さんを危険に巻き込んでしまったっていう謝罪と、普段どれだけラウラが頑張っていて、その頑張りに人々が救われているのかが書いてあったの」

ぎゅ、と胸が締め付けられるような感覚にとらわれた。滲《にじ》みそうになった視界をなんとか踏ん張ってこらえる。

カスペルさんはとてもよい上司だ。忙しいだろうに、定期的に私たち新人のことを見てくれるし、こうして親族にまで気配りしてくれる。それが上司の役目だと言われれば確かにそうだ。けれど母の嬉しそうに細められた瞳からして、カスペルさんからの手紙は決して形式的なものではなく、人の情を感じられるものだったのだろう、と手に取るようにわかる。

一体カスペルさんはどんな手紙を両親に出したのだろう。なんだか気恥ずかしくて、素直に聞き出せないが。

「このままあなたを王都にやっていていいのかって思ったのは、一度や二度じゃないけれど……でも、調合師はとても素敵なお仕事なのね」

——両親はいつも、私の夢を応援してくれると言っていた。目標を達成した私を誇りに思う、と抱きしめてくれた。しかし調合師という職業について、具体的に言及してきたことはなかった。

心配ばかりかけている自覚はある。けれど調合師は危険な仕事という訳ではないのだ。確かに回復薬が主に使われるのは戦場だ。ともなれば、調合師も戦場に赴くことはあるけれど、両親の中ではその危険な面ばかりが強調されているように思えて、もどかしかったのだ。

だから。

「……うん、そうなの。とってもやりがいのあるお仕事だよ」

脳裏に浮かんだのは、この職業に就かなければ出会わなかったであろう人々の顔。

大切な同期、友人、先輩、上司。救うことのできた人々の笑顔、そして彼らの周りで喜ぶ人々。

救えた命があった。救えなかった命もあった。そしてこれから、どうしても救いたい命がある。

調合師という職業に就いていなければ、どこかの街が魔物に襲われたという噂を聞いて、ただ恐ろしいと身を震わせていただけだろう。しかし数日過ぎれば他人事だとすっかり恐怖も薄れ、幼馴《おさなな》染《じみ》との変わらぬ日常を過ごし始めるのだ。

もしかすると、それもそれで平和な、幸せな日々だったかもしれない。けれど――

『素敵なお仕事なのね』

母がかけてくれたその言葉が、今までもらったどんな応援の言葉よりも、なんだか嬉しくて。

確かにこの村を出る足掛かりとして勉学を始めたが、今ではすっかり調合師という職業自体を好きになれているのだと実感した。

10：誰かの手記

気が付けば急遽《きゅうきょ》取らせてもらった休暇も、半分が過ぎようとしていた。

今日は朝からお師匠の許へと来ている。帰省した翌日、お師匠に魔物の角をすり潰《つぶ》した粉末を渡したが、何か進展はあっただろうかと気になったためだ。

「お師匠、おはようございます」

「おお、ラウラ、おはよう。早起きじゃのう」

私を出迎えてくれたお師匠の顔には、薄くではあるが隈《くま》が刻まれていた。調合にのめりこむあまり、夜更かししたのだろうか。

これは期待できるかもしれない、とはやる気持ちを抑えながらお師匠に声をかける。

「あの……先日お渡しした魔物の角ですけど、お師匠から見てどうでしょう」

うまい問いかけの言葉が思いつかず、随分と抽象的な質問になってしまった。しかしお師匠は私の意図をしっかりと掬《すく》い取ってくれたらしい、ゆるく首を左右に振った。

「なんとも言えんのう。わしも軽く調合してみたんじゃが……」

言葉尻《ことばじり》を濁しながら私に向かってノートを差し出してきた。それは私が調合法をメモしていたものだ。開けば、そこには数種類の新しい調合方法が記載されていた。

「効力増強の効力が主じゃが、相性のいい薬草を選ぶ癖のある素材じゃの。単純な回復効力のみを持つ薬草とはすこぶる相性がいいが、麻痺《まひ》治しや毒消しといった、状態異常を治す効力とは相性が悪そうじゃ」

ノートの文字を目で追いながら、お師匠の言葉に頷く。なるほど確かに彼女の言う通り、単純な回復効力のみをもつ薬草と混ぜ合わせたときが、一番効力増強の働きを見せている。

私はノートから目線を上げてお師匠をちらりと見上げた。すると言葉もなしに私の聞きたいことが分かったのか、お師匠はその顔に苦笑を濃く滲《にじ》ませる。

「この角が自壊病の特効薬になるかどうかは、まだまだ分からん」

いつの間にか強張っていた体からふっと力が抜けた。

一度期待したものがそうでないと知れたときの疲労感はすさまじい。まだそうと決まった訳ではないが、それなりに期待した分、当てが外れたときのがっかり感はそれなりにある。

あと期待できるのは精霊の飲み水ぐらいか。心身の余裕のためにも、もう少し持ち駒を増やしたいところだが――

不意に、目線が奥の扉へといく。その先には、あまり足を踏み入れたことのないお師匠の書斎がある。壁を覆ういくつもの書棚が所狭しと並べられ、更にその書棚の中には、これまたぎゅうぎゅうにたくさんの文献が詰め込まれている。

どんなに小さなことでもいい。ヒントになるものがあれば。そう思い、お師匠に声をかけた。

「お師匠、書斎見せてもらってもいいですか」

「おお、好きにせい」

返事をしっかりと聞き届けてから、書斎へ続く扉を開く。実を言うと、お師匠の書斎に入った回数は片手で足りるぐらいだ。

私が読む文献はいつもお師匠が適切なものを選び寄こしてくれたし、この文献を探せ、といった雑用は振られたことがない。せいぜい作業中で手が離せないから机の上に置いてある文献を持ってきてくれ、と頼まれたときに入ったぐらいだ。

並べられた本たちの背表紙を一つ一つ辿《たど》る。当たり前というべきか、薬草に関する本ばかりだ。時折魔物に関する文献も並んでいたが――

背表紙だけでなく、中も一つ一つ目を通していくべきか、と気の遠くなる考えが浮かんだその瞬間。

――ドサドサドサッ。

「うわっ！」

すぐ横に、本が雪崩《なだれ》を起こして落ちてきた。ぶわっとあたりに埃《ほこり》が舞う。鼻をつまんで顔の前で大きく手を振りながら、どこからそれらは落ちてきたのだとあたりを見回す。すると近くの書棚の上、ポッカリと空いたスペースが目についた。

「あー……やっちゃった」

見つけたスペースを眺めながらつぶやく。特に書棚に衝撃を与えたつもりはないのだが、積み重ね方が雑だったのだろうか。

「ラウラー？　どうしたんじゃー？」

「上から本が倒れてきちゃったんです、すみません！　直しておきます！」

本が落ちた音を聞きつけたのであろう、いくらか張り上げたお師匠の声が飛んできた。それに対して私もいつもより大きめの声で返事をすれば、納得したのかそれきり静かになる。

はあ、と一度大きくため息をついて、それから片付けに取り掛かった。

書棚の上に積み上げられていただけあって、他の文献と比べても随分と埃をかぶっている。一度手に取った以上埃をそのまま放っておくのも憚《はばか》られ、軽く手ではたいてから積み重ねていった。

（あれ、ここら辺は薬草に関する文献じゃない……）

表紙を見るに、これらの本はお師匠が趣味で集めていた本ではないかと推測する。なぜならそれらは薬草に関する文献ではなく、前世で言う小説のようであったからだ。

プライベートを覗《のぞ》き見するようで後ろめたさを感じたため本を開くことはしなかったが、タイトルから察するに冒険譚から恋物語まで、幅広い内容の小説が揃えられているようだった。——と、倒れた本の中に、木箱が紛れ込んでいるのを見つけた。

蓋《ふた》が開いた状態で裏返しに床に落ちている。しゃがみ込んだ体勢のまま近づくと、その木箱に壊れた鍵《かぎ》がついていることに気が付いた。おそらくは落ちた衝撃で壊れてしまったのだろう。

裏返しになった状態の木箱をもとに戻す。その際、木箱の中から一冊の本が床に落ちた。

（ん、手帳……？）

サイズ的に手帳か手記か。表紙には何も書かれていない。

鍵のついている木箱の中に入っていたのだ。あまり他人に見られたくないお師匠の私物だろうと見当をつけて、それを木箱に戻そうとした——その瞬間。

「あっ……」

するり、とページの間から紙が一枚、床に滑り落ちた。咄嗟《とっさ》にそれを拾う。白紙だ。

なぜ白紙が、と紙を観察するように裏返し——それは白紙ではなく一枚の肖像画だったのだと気が付いた。

おそらくは、家族の肖像画。真ん中に描かれていたのは赤ん坊を抱いた女性。年齢は四十過ぎぐらいだろうか。細められた赤の瞳に、目じりに寄った皺《しわ》。髪色こそ違うが、彼女はまさか。

（お師匠……？）

我がお師匠・ベルタに見えた。

木箱と手記、そして肖像画を持って立ち上がる。それらを近くの机の上に置き、私は椅子に座りこんだ。

お師匠によく似た女性の隣には、妙齢の女性。彼女は大きな金の瞳《ひとみ》で微笑《ほほえ》んでいる。彼女は四・五歳の小さな子どもを抱いていた。

並んで座る二人の女性を見比べると、瞳の色こそ違うが顔の作りはよく似ている。もしかすると親子なのだろうか。

視線を横にずらして、違和感を覚える。なぜなら横に立っていた男は耳が尖《とが》っていた——エルフだったからだ。

もしかすると妙齢の女性とエルフの男性とで、異種間結婚をしたのかもしれない。けれどエルフと人間の異種間結婚は滅多にない珍しいことで、何より女性が抱いている赤ん坊は耳が尖っていなかった。更に付け加えるならば、男性の前に、一人の少女がはにかんだ表情で立っている。彼女もまた耳が尖っており、この二人が肉親なのではないかと思う。

エルフの親子（仮）は顔立ちこそ違うものの、瞳の色と髪の色は見事に遺伝していた。赤の瞳に、淡いグリーンの髪――

不意に、知り合いの顔が肖像画の中の少女の顔と重なる。

（メルツェーデスさん……？）

はにかむ少女はメルツェーデスさんによく似ていた。

仮に、この真ん中の女性をお師匠だとする。外見から察するに、この肖像画は二・三十年前だろうか。メルツェーデスさんは今も美しく若々しいが、年齢的にはもう四十を過ぎている。それにメルツェーデスさんはお師匠のお弟子さんなのだ。それなりに若いお師匠と少女のメルツェーデスさんが共に肖像画に描かれていたとして、何もおかしくはない。

なぜ古ぼけた手記に挟まれていたかは謎だが、この肖像画は私が知らない、私が生まれる前の彼女たちの姿ではないかと思った。

（真ん中の女性がお師匠で、その右隣がお師匠の娘さん。お二人が抱いてる赤ん坊と子どもが、お師匠のお孫さん。お師匠の左隣に立つ男の人がメルツェーデスさんのお父さんで、その前の少女が、小さな頃のメルツェーデスさん）

もはやそうとしか思えなかった。

もしかすると、大切な写真かもしれない。お師匠にも見せてあげようと一歩踏み出したそのとき、そもそもこの写真が挟まっていた手記はなんだったのだろう、という疑問が首を擡《もた》げた。

一瞬指先が手記を開きかけて、他人の私物を勝手に盗み見ていいのか、と良心が咎《とが》める。やはり駄目だろうと思いとどまり、木箱に戻そうとした――のだが。指先が震えていたのか、つるりと手のひらから手記がこぼれ落ちてしまった。

それは空中でくるりと回転し、あるページが開かれた状態で地面へと落ちた。

咄嗟に拾おうとしゃがみ込む。そして――開かれたページに書かれた文字が、目に入った。

一〇〇九日目。とうとう、――の指先が焼けただれ――
喉元《のどもと》の掻《か》き――の傷もひどくな――いる。
先日――した特効薬の効果は見られな――
明日、バ――スが見つけてくれた、魔物――しに行こうと思う。
自壊――は愛しい孫――の日常も壊していく。

随分古い手記のようで、文字もところどころかすれ、思うように読めなかった。しかし、途切れ途切れの言葉から、私の脳は一つの可能性に辿り着いた。

もしかするとこの手記に書かれているのは――自壊病の患者の、経過記録ではないか、と。

反射的にページを閉じる。心臓はバクバクと音を立てていた。

ふと、右手に握ったままだった肖像画に目をやった。真ん中で微笑む女性は、やはりお師匠によく似ている。そして彼女が胸に抱く子どもに、視線が吸い込まれた。

(孫、って書いてあったよね。まさか……いや、でも、この肖像画も手記も、お師匠のものだとは限らないし、でももしお師匠の私物だったら、お師匠は自壊病でお孫さんを……？)

考えがまとまらない。むしろ、混乱のあまり何も考えられない。

お師匠によく似た女性が描かれた肖像画。おそらくは自壊病の患者の経過記録が書かれた手記。なぜ肖像画が手記に挟まれていたのか。なぜこの二つが、この書斎に、隅に追いやられるようにして置かれていたのか――

「ラウラ？」

入口の方から突然名前を呼ばれる。

私は両手に持っていた肖像画と手記を後ろ手に隠して振り返った。

「お、お師匠、どうしたんですか？」

「さっき本を倒したと言ったじゃろう。手伝ってやろうかと思っての」

一歩こちらに踏み出したお師匠に、びくっと体を強張らせる。なぜだろう、なんの確証もないのに、先ほど見つけた肖像画も手記も、お師匠には見せない方がいいと本能が告げていた。

私は笑顔を顔に張り付ける。そして声を張り上げて、お師匠の足を止めた。

「あーっ、いいですって！　重い本ばっかりだから、お師匠は腰やっちゃいますよ！　私が全部や

っておきますから！」

ねっ、と笑えば、明らかにいつもと違う様子の私を怪訝《けげん》な表情で見つめつつ、お師匠は「そうか」と踵《きびす》を返した。彼女としても力仕事はご免被りたいのだろう。

書斎のドアがしっかりと閉まってから、大きく息をつく。後ろ手に隠していた肖像画と手記を改めて見つめて――はてさてどうするべきか考えた。

見なかったことにして、元の場所へと戻すか。お師匠に言って、持ち出しを許可してもらうか。――何も告げずに、こっそりと持ち出すか。

一番いいのは、お師匠にしっかりと聞いて持ち出しを許可してもらうことだろう。しかしなぜだろう、肖像画も手記も、お師匠は私には知られたくないのではないかという確信にも似た予感があった。

これらは鍵のついた木箱に入っていたのだ。それが不慮の事故で壊れてしまったというのは仕方ないと目をつむってもらえるかもしれないが、その後の私の行動は、好奇心に駆られてお師匠の過去――もしくは、お師匠ではない誰かの過去――を覗き見るような真似《まね》をしたも同然。知られてしまえば責められてもおかしくなかった。

「お師匠、これお借りしても、いいですか……」

練習するように、ぼそぼそとお伺いの言葉を発してみる。好きにせい、と発するお師匠の顔を思い浮かべられなかった。それどころか、血相を変えてこれらを私から奪い取るお師匠の姿が浮かんでしまって。

とりあえず、それを自身の服のポケットに入れた。お伺いを立てるタイミングを見計らおうとしたのだ。
書斎の片付けが終わったとき。お師匠とのんびりお茶を飲んだとき。この山小屋を後にするとき。タイミングはいくらでもあったはずなのに——結局私はお師匠に何も言い出せず、そのまま肖像画と手記を家まで持ち帰ってしまった。

＊＊＊

九——日目。——先から発火。
先日調合した特効薬を飲ませるも、効果なし。
発火していた——よそ、二分十三秒。先日よりも九秒——。
その後は比較的穏やかに——

九百九日目。喉元を掻きむしる。
バルナスと——が治癒魔法をかけるものの、効果なし。
苦しむ——に、無理を言って——を使わせたが、これも——。
首筋に残る爪痕《つめあと》が痛ましい。
自壊病は——。

九百十――。穏やかな一日。

症状は特に出ず。アネットが――に行きたいと言い出す。

明日、カ――と一緒に連れて行ってやろうと思う。

九百十一日目。症状が突然悪化。
約束していたノイ――には連れて行ってやれず。
症状は高熱と――。
なぜこの子だけがこんな目に遭わなければならないのか。

――読み始めてまだ数ページだというのに。私は思わず手記を閉じて大きく息を吐いた。

結局無言で持ち出してしまった、お師匠の私物と思われる手記。そこにはおそらく、自壊病の患者の症状の経過が日記のような形で綴《つづ》られていた。

不誠実なことをしていると自覚しつつも好奇心に負けて手記を開いたのは、夜、ベッドの上で。

既に劣化しところどころ掠《かす》れて読めなくなっているが、それでも書かれていた文章たちは私の胸を抉《えぐ》った。

(なぜ、この子だけが……か)

私は手記に挟まれていた肖像画を取り出す。そこに映る、お師匠によく似た女性をじっと見つめた。

この手記はお師匠が書いたものなのだろうか。だとすると、お師匠のお孫さんは自壊病にその身を蝕《むしば》まれていたのだろうか。――エルヴィーラのように。

それを判断するにはあまりに情報が足りない。もしかすると、自壊病の特効薬を調合しようと試行錯誤した時期がお師匠にもあって、そのために資料としてどこかから集めてきたものの一つ、という可能性も捨てきれない。

しかしそうだとすると、なぜ私が以前帰省したときにそれを教えてくれなかったのか。こんなにも貴重な、症状経過の記録を見せてくれなかったのか。自壊病はその珍しさ故に、ろくに患者たちの記録も残っていないのだ。であるからして、この手記はとても貴重な資料の一つになるはずだった。

まさかお師匠がそれを知らないはずないだろう。ならば、なぜ――

（お師匠にとって自壊病は忌まわしい、忘れたい記憶に紐《ひも》づいていた、とか……）

考えれば考えるほど、この手記はお師匠のものではないかという気がしてくる。だとすればやはり、正直に持ち出してしまったことを懺悔《ざんげ》し、話を聞くのが一番だろう。けれどこの手記が鍵《かぎ》のかかった箱に入っていたこと、そしてお師匠自ら私に手記の存在を教えてくれなかったこと――その二つが引っ掛かった。

とるべき最善の道は見えているはずなのに、どうも決めきれないヘタレな自分を自覚しつつ、うーん、と頭を抱えていたら。

「ラウラ、まだ起きてる？」

部屋の扉がノックされ、母の窺《うかが》うような声が聞こえてきた。私は慌てて手に持っていた手記を枕の下に隠す。それからゆっくりと扉を開けた。

「ど、どうしたの、お母さん」

「昼間にあなた宛てに手紙が届いてたのよ。渡すのをすっかり忘れていて」

そう苦笑して母が差し出してきた手紙は、見るからに高級紙で作られた美しい封筒だった。一体誰だろうと封筒を裏返し差出人を確認すれば、そこにはエミリアーナ・プラトノヴェナの名が。

（どうしてエミリアーナさんがここの住所を？）

疑問に思い封筒を眺めていると、エミリアーナさんの名前の横にもう一つ、差出人の名が綴られていることに気が付いた。それはリナ・ベーヴェルシュタム。リナ先輩の名前だ。その下に小さく、こう記されていた。

『王都に届いたので送ります』

その文面から察するに、王都に一度届いた手紙を、まだ休暇も半ばだからとリナ先輩たちが気を利かせてくれたのだろう。

行き違いにならずによかった、と安堵《あんど》しつつ母に礼を言う。

「ありがとう。研修先で知りあったお友だちからの手紙みたい」

安心させる意図も込めてそう伝えれば、母は「そうだったの」と目を細めた。なにやら嬉《うれ》しそうな表情を見せた後、それ以上踏み込んで聞かれることもなく、彼女は「おやすみなさい」と部屋から出ていく。

その背を見送って、私はベッドへと戻る。

エミリアーナさんから手紙が来た。おそらく用件は——以前約束していた、精霊の飲み水の件についてだろう。

こうして手紙を送ってきたということは、アレクさんのことを含め、一段落したということなのか。プラトノヴェナの復興もあるだろうし、いつ頃連絡を取っていいものかと密《ひそ》かに頭を悩ませていたのだ。

私はゆっくりと封筒を開け、手紙を取り出した。

——それは、綺麗《きれい》な文字で綴られていた。


ラウラさん、ご無沙汰《ぶさた》しております。エミリアーナです。

この度は多大なるご迷惑とご心配をおかけしまして、申し訳ありませんでした。そして大変お世話になりました。ラウラさんには感謝してもしきれません。

ラウラさんにもご心配していただいたアレク・プラトノヴェナの容態ですが、両の足を失ったものの、今はすっかり容態も安定し、できるだけ早く街の復興に取り掛かろうとリハビリに励む日々です。


アレクさんは思っていた以上に回復しているらしい。両足を失ったという一文には胸が痛むが、リハビリに励む彼を健気に支えるエミリアーナさんの姿が容易に想像できて、私はほっと息をつく。

(彼らならきっと大丈夫……)

いつの間にやら速い鼓動を刻んでいた心臓が落ち着いていくのを感じながら、私はエミリアーナさんからの手紙を読み進めた。


話は変わりまして、以前お約束した「精霊の飲み水」について今回はご連絡差し上げたく、こうして手紙をしたためました。

大変申し訳ないのですが、私はしばらくプラトノヴェナを離れられそうにありません。私自身がご案内するということとなると、年単位でお時間を頂かなければならないかと思います。


誤魔化しのない謝罪の文に、私はがっくりと肩を落とす。しかしエミリアーナさんの言葉はもっともだった。

アレクさんの補助、そしてプラトノヴェナの復興。それらが一段落するには、年単位の時間がかかるだろう。それらの隙を見て案内してもらうのは、あまりにも彼女に負担がかかりすぎる。

はてさてどうしたものか、と途方に暮れつつ、再び文字を追った。


そこで、先日私の実家に手紙を出しました。ラウラさんにお世話になったこと、そしてラウラさんが精霊の飲み水について知りたいということを、勝手ながら伝えております。

今後も実家と何度か連絡のやり取りをして、ラウラさんがフラリアを訪れた際には、全てスムーズに事が進められるよう、話を通しておきます。

ご一緒できず申し訳ありませんが、ラウラさんのご都合のよろしい日時に実家をおたずねください。


――ありがとう、エミリアーナさん！

思わず天を仰いで北の大地の友人に感謝した。忙しいだろうに、ここまでしてもらって本当にありがたい。

すぐにお礼の手紙を出そうとベッドから降り、机へと近づく。そして手元のランプをつけ、便箋《びんせん》に向き合ったときに気づいた。終わりかと思ったエミリアーナさんの手紙が、もう一枚ある。

ぺらりと一枚便箋をめくった。


本当に本当に、お世話になりました。

また調合について教えてくださいね、師匠！

再会できる日を楽しみにしています。


師匠。その単語にそわそわしてしまう。頬が僅《わず》かに熱を持つのを感じつつ、正直言って、悪い気はしなかった。

私はエミリアーナさんにとっていい師匠とは言えなかっただろう。しかしお世辞だったとしても、こうして好意を表してくれて嬉しくない訳がない。

ふふふ、と緩む口元を自覚しつつ、ペンを手に取り——はた、とそれに思い至った。

「ラストブレイブ」と同様の設定であった場合、精霊の飲み水はフラリア近くの森の奥に存在している。そこに行くまでには魔物も出現する森を抜けなくてはならない。そう——魔物がいるということは、それなりに戦える人物に同行してもらう必要があるのだ。

（誰に同行を頼もう……）

脳裏に浮かんだのは二つの顔。

幼馴染《おさななじみ》・ルカーシュの穏やかな笑みと、上司・アルノルトの険しい表情だった。

＊＊＊

帰省六日目の朝。ルカーシュの家を前に、私は二の足を踏んでいた。

ルカーシュにフラリアへの同行を頼もうとここまでやってきたのだが、最後の一歩がどうも踏み出せない。

（いや、でも、ルカーシュがエメの村から離れるのはよくないし……それに、エルヴィーラのためなんだからあの人——アルノルトに多少の無理を言っても、ついてきてくれるかもしれないし）

ルカーシュとアルノルト。

スケジュール的な視点から見れば、ルカーシュの方が良いのではないかと思う。ルカーシュがどうこう、というよりも、アルノルトがあまりに忙しい身であるからだ。しかしながら、今まで数度の魔物襲撃を受けているエメの村をルカーシュが留守にするというのは、村人からしても不安でしかないだろう。

そもそもの目的という視点から見れば、アルノルトの方が適切だ。何せ今回の件はルカーシュには――未来の仲間を救うためなのだから、全く関係ないとまではいわないが、現段階でルカーシュとエルヴィーラは何一つ接点のない他人だ――関係ない。けれど前述したとおりアルノルトは忙しい身であり、いつ彼の予定が空くか分からない。

こちらを立てればあちらが立たず。私は頭を抱えるしかなかった。

（一人で行けたらいいんだけど……毒薬だけじゃ心もとないし……）

自分一人で向かうのが最善だとは思うが、それはさすがに無謀すぎる。

はてさてどうしようか、とルカーシュの家の前を右往左往していたら。

「あら、ラウラちゃん？」

声をかけてきたのは、ルカーシュの母親その人だった。家の前を行ったり来たりする私を不審に思ってのことか、扉に手をかけたまま、こちらの様子を窺うように首を傾《かし》げている。

私は苦笑を隠すように無理やり口角を上げつつ、朝の挨拶《あいさつ》をした。

「お、おばさま、おはようございます」

「おはよう。ルカならもう起きてるわよ。入る？」

「いえあの、そういう訳では！　……ううん、やっぱりお邪魔してもいいでしょうか」

「ええ、もちろんよ」

どうぞ、とルカーシュによく似ている青の瞳《ひとみ》が細められる。おばさまに誘われるままルカーシュの家に足を踏み入れると、渋いひげをこさえた男性――ルカーシュの父親と玄関先で対面した。おじさまは玄関先にたてかけられている斧《おの》に手をやっていたところで、これから仕事――おじさまは木こりだ――に行くのだろう。

「おお、ラウラちゃん、おはよう。ルカーシュに何か用かい？」

「おじさま、おはようございます。少しルカーシュに相談したいことがあって」

「ラウラちゃんにはいつも世話になってるからな。うちの息子でよければこき使ってくれ」

ハハハ、と豪快に歯を見せて笑うおじさま。瞳の色や髪の色はおばさま譲りのルカーシュだけれど、顔立ち自体はおじさまによく似ているように思う。おじさまも昔はさぞかし美少年だったことだろう。年を重ねた今も、渋い大人の男性といった風貌《ふうぼう》だ。

「あれ、ラウラ？」

「ルカーシュ、おはよう」

玄関先での会話が耳に届いていたのか、ルカーシュがひょっこりと奥の部屋から顔を覗《のぞ》かせた。目が合い、朝の挨拶を交わせば、彼の表情はぱっと輝く。

彼は「おはよう」と笑顔で返してくれたかと思うと、そのまま自室へと招き入れてくれた。

ルカーシュは綺麗に整えられたベッドの上に腰かけた。そして視線で、部屋に一脚だけ置いてある椅子を私にすすめてくる。それに従い、私は椅子に腰かけた。

「無理を承知で、とりあえず話だけ聞いて欲しいんだけど」

前置きをしてから、本題を切り出す。

「今度ある病気の治療法を探しに、フラリアという街に行くの。それで、目的の治療法には目星がついてるんだけど……その、治療に必要な材料が、もしかすると魔物がいる森の奥にあるかもしれなくて――」

「僕も行くよ」

迷いのない口調だった。

私が驚きに数度目を瞬かせると、ルカーシュは下から私を覗き込むようにして、こちらの様子を窺ってくる。

「僕についてきて欲しくて、この話をしたんじゃないの？」

「そ、それはそうなんだけど……。でも、ルカが村から出たら……」

私がぽつりとこぼした言葉に、ルカーシュは瞼《まぶた》を伏せた。私についていきたいが、私の不安に対する明確な答えを持っていないのだろう。

そう、ルカーシュについてきて欲しい。けれど勇者の力を持つルカーシュが村を離れては、いざという時に不安が残る。エメの村を囲う結界魔法は相変わらず弱いままで、たとえそれを強くしたところで、簡単にルカーシュが村を離れていいという訳ではない。

一切の迷いを見せず、「ついていく」と即答したルカーシュに、私は動揺していた。こちらとしては今はただ話だけ聞いてくれれば、という心持ちだったのだが――

とにもかくにも、ルカーシュについてきてもらうにしろそうでないにしろ、エメの村の結界魔法問題を先に解決してから話すべきだったかもしれない、と軽はずみな自身の言動を後悔した。まさかこうも即答されるとは思ってもみなかった――などと言い訳している場合ではない。

精霊の飲み水への明確な道が開けて、些《いささ》か焦りすぎていたようだ。優先順位をしっかりつけて行動しなくては。

まずはエメの村の結界をどうにかしてから。精霊の飲み水に関しては、その次だ。

私は一度大きく深呼吸してから、口を開いた。

「私から話しておいて悪いけど、ちょっとだけ時間を頂戴《ちょうだい》。シュヴァリア騎士団の魔術師の人にもっと強い結界魔法を張ってもらえるよう、頼んでみるから」

すぐに手紙を出そう。一日でも時間が惜しい。宛先《あてさき》は――シュヴァリア騎士団か、はたまたアルノルトか。その際に同行の件についても、それとなく切り出してみよう。いくら強い結界魔法を張れたとしても、やはりルカーシュが村から数日でもいなくなるのは不安だ。

一番いいのは、エメの村の結界魔法を強くした上で、ルカーシュが村にいる、という状態だろう。

幼馴染の様子を窺《うかが》えば、彼はなぜか複雑そうな表情を浮かべて、けれどしっかり頷《うなず》いた。

「結界魔法をどうにかできたら、その後で改めてもう一回頼むかもしれない」

「うん、分かった」

「ごめんね。わがまま言って巻き込んじゃって」

私の言葉に、ルカーシュは静かに首を左右に振る。そして、

「何も知らされずにラウラが危険な目にあうより、どんどん巻き込んでくれた方がずっといい」

真っ直ぐな瞳で私を見つめて言った。

青の瞳の中、金の紋章がきらりと光を反射する。身近な人間が傷つくことに胸を痛めるのは、「ラストブレイブ」の勇者様も同様だった。人を守れる力を持っているだけに、勇者様は守れなかったときに人一倍傷つき、自分を責めてしまうのだ。

私が無茶をして怪我《けが》を負ってもそれは同様だろう。一人で焦った結果何も得られず、ルカーシュの心を傷つけてしまうことは避けなければ。

「ありがとう。何か進展があったら教えるね」

そう告げれば、ルカーシュは安心したように微笑《ほほえ》んだ。物騒な話題はそれきりで、次第に穏やかな話題へと移っていき、その後は幼馴染と雑談を楽しんだ。

ルカーシュの家から帰宅後、迷いに迷って、アルノルト宛《あて》に手紙をしたためた。シュヴァリア騎士団副団長であるオリヴェルさん宛に出そうかと一瞬迷ったが、アルノルトに出した方が確実だろうという結論に達したのだ。何せ今回はエルヴィーラの治療のため、という理由がある。少しばかり汚い手だが、その理由を一番に掲げれば、アルノルトとて邪険にはできないだろう。

一日に一度だけ村を訪れる連絡便の馬車に手紙を預けた。エミリアーナさんへの感謝の手紙も一緒に。どうかいい方向に話が進んでくれと願うばかりだ。

11：エピローグ

帰省七日目。明日の馬車で私は王都へと帰ることになっているから、実質休暇最終日だ。

さて一体最後の一日を何に使うかと考えて——お師匠の書斎から持ち出した手記の存在が脳裏に浮かんだ。やはりきちんと謝り、その上で貸してくれないかとお願いするべきだろう。このまま黙って王都に帰ってはお師匠に不誠実だし、何より気にかかって眠れなくなりそうだ。

私は普段よりも気合をいれて身支度をし、家を出た。手記を入れた小ぶりの麻袋もしっかり持って、いつもより重い足をどうにかこうにか必死で動かして。

それでもこぼれ落ちるため息に、一度足を止めた時だった。少し離れた先、見慣れた二つの人影があることに気が付いた。あれはルカーシュと——ペトラだ！

思わぬところに遭遇してしまった。私は気づかれないよう、邪魔をしないようこっそりと足音を忍ばせて歩き出そうとしたが。

「あ……っ」

しまった、ルカーシュと目が合った。

こちらに今にも駆け寄ってきそうな幼馴染を右手で制して、私の方から近づく。ペトラの許をルカーシュが離れて遠くで二人話すより、私がルカーシュとペトラに近づき彼女にも会話を聞かせることで、不要な心配や誤解を招かないだろうと考えてのことだ。

「ラウラ！　どこに行くの？」

「お師匠のところにちょっと。明日にはもう帰っちゃうし、二人で話したいことがあって」

二人で、という部分を強調して言う。すると一瞬ルカーシュの唇がすねるように尖《とが》った。場合によってはついてくるつもりだったに違いない。先手を打っておいてよかった。

ルカーシュの肩越しにペトラと視線が合う。彼女はどこか気まずそうに微笑んだ。邪魔者は早く退散するとしよう。

「ペトラも、またね」

私の言葉にルカーシュがペトラを振り返った瞬間、口だけの動きで「頑張って」と伝えてみた。すると彼女は頬をわずかに赤らめて頷く。伝わったようだ。

早く二人の許を離れようと自然と駆け足になる。すると当然、お師匠の家にも近づく訳で。あっという間にお師匠の家の前に到着した。

一つ、大きく深呼吸。何度かノックしようとして、躊躇《ためら》う。それを数度繰り返し、このままでは日が暮れると半ばやけくそになって、古びた扉を勢いよくノックした。

「お、お師匠ー？」

声が裏返った。咳払《せきばら》いをして喉《のど》の調子を整える。――とっくに喉はカラカラだったが。

私の呼びかけに、お師匠は寝室の方からひょっこり顔を覗かせた。

「おお、ラウラか。お主、明日帰るんじゃろう」

「そうです。それでなんというか、ご挨拶に」

「相変わらず堅苦しい弟子じゃのう。ほれ、餞別《せんべつ》じゃ」

投げるように渡されたのは一冊の古ぼけたノートだった。一瞬落としそうになったそれをどうにかこうにか受け取ると、数頁《ページ》めくってみる。そこには見慣れたお師匠の字で、何やら調合方法がびっしりと書かれていた。

回復薬の調合メモかと思ったが、材料の欄を見てそれは違うと考えを改めた。なぜなら材料の欄に書かれていたものがほとんど毒薬だったからだ。

「これは？」

「ベルタ作！　毒薬の調合ノートじゃ。一時期毒薬の調合に凝っていた時期があってのう」

お師匠の毒薬調合ノート。その存在に驚きつつも、何やら物騒な言葉が聞こえた気がして、目の前のお師匠をおずおずと見上げる。

「……罪は犯してませんよね？」

「犯しとらんわ！　失礼な弟子め！　回復薬の調合と同じく、毒薬の調合も奥が深いんじゃ。単純な知的好奇心じゃ。……何かと巻き込まれるお主には、役に立つじゃろう」

どうやら私を心配してくれてのことらしい。お師匠の気遣いがじんわりと胸に広がった。その一方で、右手に持っている麻袋に包んだ手記がいっそう重みを増したように感じた。

じくじくと良心が痛む。やはりこのまま黙って持ち出す訳にはいかない。

私は緊張から震える足でぐっと地面を踏みしめて、口を開いた。

「ありがとうございます！　……あの、お師匠」

ん？　と首を傾げたお師匠に、大きく腰を折って麻袋をそのまま差し出した。

頭上でお師匠が首を傾げた気配がしたが、情けなくもとても顔が上げられるような状態ではなく、私は古びた床を凝視しながら言葉を続ける。

「黙っててすみません！　これ、一昨日《おととい》お師匠の書斎から見つけちゃって……！」

ふ、と手にかかっていた重みがなくなった。お師匠が麻布を手に取ったのだろう。

カサリ、と控えめな布ずれの音が鼓膜を揺らす。手記を取り出したのだ。そして続いて聞こえてきたのは、頁をめくる音。その間お師匠は一言も発さなかった。

耳に痛いぐらいの沈黙。長い長い、永遠にも感じられる沈黙。それを破ったのは、お師匠の深いため息だった。

——呆《あき》れられた。

喉元《のどもと》にせりあがってくる何かを抑え込もうと、私はぐっと下唇を噛《か》み締《し》めた。

「……お主、馬鹿じゃのう。黙って持ち出せばよかったじゃろうに」

予想していたよりもずっと優しい声音に、思わず顔を上げた。するとしょうがない奴め、と苦く笑うお師匠と目が合う。その赤の瞳《ひとみ》には、私の思い上がりでなければ、弟子に対する慈愛のような感情が浮かんでいた。

ほっとしたのもつかの間、とにかく謝罪を重ねようと口を開く。

「黙って持ち出したら、ずっとソワソワしちゃいそうで……本当にすみません」

馬鹿正直に言えば、お師匠はふ、と笑った。確かに笑ってくれた。

どっと強張っていた体から力が抜ける。あからさまに安心した顔を見せた私にお師匠はとうとう声を上げて笑って、それから手記をこちらに差し出してきた。

「持っていけ。役に立つじゃろう。……じゃが、そのことについては、少しだけ時間をくれんか」

緩んだ空気が再び張り詰める。

そのこととは、手記に書かれていることで間違いないだろう。やはりこれは、お師匠が書いたものなのか――

そこまで考えて、数度かぶりを振って思考を振り払った。お師匠がいずれ話してくれるというのだ、無暗《むやみ》に詮索《せんさく》するのはやめよう。

私が言葉なく頷くと、お師匠はふと瞼を伏せた。

「黙っとって悪かったのう。じゃが……わしとしても、あまりいい過去ではなかったんでな。近いうちに改めて場を設けよう」

今まで見たことのない、憔悴《しょうすい》しきったお師匠の姿に動揺してしまい、気の利く言葉一つかけられない。情けない弟子だと己を叱咤《しった》しつつ、一つ、お師匠に尋ねたいことがむくむくと胸の内で首を擡げ始めた。尋ねたいこと、というよりお願いしたいこと、といった方が適切か。

この場でそれを伝えるのは躊躇ったが、今を逃すとずるずるとタイミングを逃し聞けなくなりそうで、おずおずと口を開く。

「あの……その場に私以外の人を呼んでもいいでしょうか」

できるならアルノルトもその場に呼んで一緒に話を聞きたい。

お師匠は誰を呼びたいのか尋ねることもせず、ただ頷いた。

「お師匠、す……ありがとうございます」

一瞬謝罪の言葉を口にしようとして、それよりも感謝の言葉の方が適しているだろうと大きく頭を下げる。それにお師匠は反応を見せず、「少し外の空気を吸ってくる、留守番は頼んだぞ」と私の横を通り抜け、小屋を出ていってしまった。

一人残された私は、思わず傍らにあった椅子に勢いよく腰かけた。ギィ、と椅子が悲鳴を上げたが、正直気にかけてやれるほどの余裕や体力は残っていない。

私はお師匠から改めて渡された手記を見やる。

(帰りの馬車の中でじっくりと読み込んで、王都についたらアルノルトにも相談してみよう)

そう考えつつ、お師匠が出ていった扉をしばらくぼうっと眺めていた。

＊＊＊

あの後帰ってきたお師匠は普段と何ら変わらない、私の知るお師匠だった。しかしどこか空元気のように感じられて、王都へと帰る挨拶《あいさつ》を手短に終え、私は山小屋を出た。お師匠としても、まだ時間が欲しいのではないかと思ってのことだ。

私の右手にはお師匠のものと思われる――ほぼほぼ確定だが、お師匠がまだ自分のものだと明確に言った訳ではない――手記が握られている。お師匠を待っている間にも少し開いてみたが、悲しみの籠《こも》った文章の数々に、思うように読み進められなかった。手記に綴《つづ》られている患者に、どうしてもエルヴィーラの姿を重ねてしまう。

帰りの馬車で読み込むことにしようと心に決めて、私は一度家に帰った。そして帰りの身支度を整え、日が沈む前に挨拶回《あいさつまわ》りをすることに決めた。

武器屋のおじさんに、道具屋のおじさん。ラドミラの家にユーリアの家。その他、ぐるっと一通り村の民家に顔を出し――もちろん、村長の一人娘であるペトラの家にも挨拶に回った。

「あっという間だったね。もう帰っちゃうなんて、寂しくなるなぁ」

「また近いうちに帰ってくるから。ペトラ……あの、色々頑張ってね！」

そう笑ってみせると、ペトラは私が言う「色々」に含まれた意味を察したのか、かぁっと頬を赤らめた。その表情を見て、そういえば今朝方ルカーシュと一緒にいるところを見たが、どんな会話をしていたのだろうか――などと好奇心に駆られる。

ちらりとペトラの様子を窺《うかが》った。しかし彼女が口を開く様子はない。向こうから教えてくれないものを、強引に聞き出すことはできないだろう。

「ラウラ、王都でも頑張ってくださいね。あなたはこの村の誇りですから」

不意に頭上から声が降ってきた。穏やかな声に目線を上げると、そこにはこれまた穏やかな笑みを浮かべたペトラのお父さん――つまりは村長の姿が視界にはいる。

彼は私のような少女にも敬語を崩さない、とても人のいい村長だった。村人からの人望も厚く、彼を中心にこの村はまとまっている。

「村長、ありがとうございます。頑張ります」

村の誇りだという言葉に若干の気恥ずかしさを覚えつつも、嬉《うれ》しくなって微笑み返した。

そのやり取りを最後に、私はペトラの家を後にする。気が付けば、もう日も沈みかけている。

さて、残るは――

「ラウラ？」

背後からかけられた声に振り返る。するとそこには、あえて挨拶回りを最後にした幼馴染《おさななじみ》――ルカーシュが立っていた。

暗い中、ルカーシュの左目に光る紋章がやけに光を発しているように感じる。

「ペトラの家にいたんだね」

「もしかして私のこと捜してた？」

「うん。だって明日、もう王都に行っちゃうんだろ？　だから話したいなって」

ルカーシュの飾り気のない正直な言葉に、私の胸の内はじん、と温かくなる。

どちらからともなく隣に並んで、ゆっくりと歩き出した。時折肩と肩がぶつかるこの距離が心地よい。

「十日間もらった休暇だったけど、あっという間だったなぁ」

「次はいつ頃休みをもらえそう？」

「どうだろう。少し寒くなってきた頃かな」

そう答えれば、ルカーシュはどこか面白くなさそうに口角を下げた。大方まだまだ先の話じゃないか、とでも思っているのだろう。

まだまだ幼い感情表現をする幼馴染にふふ、と笑い声をこぼせば、彼は恥ずかしそうに今度は眉《まゆ》尻《じり》を下げた。それからルカーシュはんん、と小さく咳払いをして、この場の空気を変えようとしたのか口を開く。

「最近、変な夢を見るんだ」

「変な夢？」

不意に投げかけられた新たな話題に私は首を傾《かし》げた。そして、

「そう。知らない女の子が出てくる」

次の瞬間鼓膜を揺らした言葉に、足を止めた。

――ルカーシュの夢に出てくる女の子。その子は、まさか。

「……どんな子？」

「顔はぼやけて見えないんだけど……きれいな銀髪の女の子だった。目の色は確か金……ううん、琥珀色《こはくいろ》だったかな」

脳裏に浮かんだのは、一人の少女。

高い位置で一つに結ばれた銀の長い髪が揺れる。勇ましくつりあげられた琥珀色の瞳は、しかし笑うとあどけなさすら感じさせるのだと〝私〟は知っている。長い手足を目いっぱい活かして、少女は槍《やり》と魔術を巧みに操った。その力は普通の人間とも、エルフといった上位種とも違う、古より

勇者に仕える種族――古代種によるものだった。

彼女こそ、「ラストブレイブ」のヒロインその人だ。

「一回見ただけならそんな気にしないけど、ここ最近、毎日のように見るんだ」

どこか遠くを見通すように、ルカーシュは目をすがめる。その横顔が妙に大人びて見えた。

夢を通して、未来の運命と出会う。そのようなイベントが「ラストブレイブ」の作中にあった記憶はないが、今更ゲームとの相違点が出てきたところでそうそう驚く話でもない。むしろこちらの展開の方がドラマティックではないか。出会う前から、ルカーシュと彼女は結ばれていたのだ。

「夢を通じて、何かルカーシュに訴えかけたいのかも……」

ヒロイン――古代種の少女は、繰り返しこの世界に生まれてくる勇者を助ける使命《せってい》を背負っている。彼らの族長は自分たちのことを「神の遣い」だと言っていた。実際彼らは魔術とは違う聖なる力――それは勇者の力に近かった――を使い、ルカーシュの助けになっていた。

ルカーシュの夢に出てきた彼女は、この世界に危機が迫っていることを伝えたかったのではないか、なんて。

「ラウラ？」

「う、ううん。不思議な夢だね」

「だろ？」

なんなんだろう、とぼやくルカーシュの背中がやけに遠く感じられて。その瞬間、胸の内から湧き上がった感情は、紛れもない〝寂しさ〟だった。

──前世の記憶を思い出した八歳のときから分かっていたはずなのに。今更、幼馴染が今後どんどん遠い存在になっていくという事実に、どうしようもない寂しさを覚えている。

自分勝手な感情だ。王属調合師を目指す私を見て、ルカーシュは何度も寂しいと口にした。このような思いを今までルカーシュに強いてきたくせに、いざ彼と自分の間に開きつつある距離──別れつつある運命をほんの少し匂わされただけで、こんなに寂しく、切ない気持ちになるなんて。

「もしかしたら、そう遠くない未来でその女の子と会えるかもね」

じわりじわりとこの身を侵食する切なさを振り払うように、わざと明るい声でそう言う。するとルカーシュは「そうかな」と首を傾げるばかりで、あまり色よい表情を見せなかった。

風に揺れる金の髪。いつの間にか広くなった背中。あとどれだけ、その隣に立っていられるだろう。その隣に自分ではない、銀髪の少女が立っているのを想像して、思わず俯《うつむ》く。

正直言って、寂しい。子ども離れできない親、もしくは弟離れできない姉の気分だった。

数度深呼吸をしてから、空いてしまった数歩分の距離を詰める。そして再び隣に並び立つと、ルカーシュが気配を感じたのかこちらを向いた。すると自然と視線が絡み、

「もし会えたとしても、声かけられないかもしれないな。……違うな、一緒に会ってくれる？　ほら僕、人見知りだから」

そう笑った。

その恥ずかしさを誤魔化すような笑顔は、私が知るルカーシュのもので。思わずほっと安心してしまった自分自身に苦笑する。

（大人になってくんだ……私も、ルカーシュも）

寂しいけれどそれは喜ぶべきことなのだと、そう自分に言い聞かせる。

――幼馴染が勇者様として旅立つまで、あと二年弱。〝そのとき〟はもう目の前に迫っている。

あとがき

初めまして、もしくはお久しぶりです。日峰《はるみね》と申します。

この度は『勇者様の幼馴染《おさななじみ》という職業《せってい》の負けヒロインに転生したので、調合師にジョブチェンジします。2』をご購入くださり誠にありがとうございます！

おかげさまで二巻です。私自身がいちばん驚いている続刊ですが、それもこれも、ひとえに拙作《せっさく》を読んでくださっている皆様のおかげです。本当にありがとうございます！

また、二巻発売だけでなくコミカライズ版も本格的に始動となりました。

書籍版は引き続き花《はな》かんざらし様のお力をお借りして、コミカライズ版は加々見絵里《かがみえり》様のお力をお借りして、それぞれWEB連載版とはまた違った『勇者様の幼馴染』を皆様にお届けできるのではないかと思っております。

WEB版・書籍版・コミカライズ版と、それぞれ楽しんで頂けたらとっても嬉《うれ》しいです！

さて、二巻では王都を飛び出して北国に行ったり、ようやくアルノルトの妹・エルヴィーラが登場したりと、物理的にも物語的にも動きがあった巻ではないでしょうか。

ただその分、同じ職業の先輩であるアルノルトと行動を共にする時間がどうしても増え、故郷で待っているルカーシュの影が少しばかり薄くなってしまい……。皮肉にも、劇中ゲーム「ラストブレイブ」のラウラのような、待っている系ヒロイン（ヒーロー）をストーリーに絡める難しさをWEB版執筆時に実感してしまった覚えがあります。

推敲《すいこう》・改稿しながら当時のことを振り返ることができるのも、とっても感慨深いことです。

最後にこの場をお借りして、一巻から引き続きかわいらしく素敵な色使いのイラストで本作を彩ってくださったイラストレーターの花かんざらし様、二度目の書籍でも相変わらず何も分からない私をサポートしてくださった担当様、校閲・印刷・製本などでお世話になった全ての方に、心より感謝申し上げます。

そして、『勇者様の幼馴染』をこうしてお手に取ってくださった皆様。本当に本当にありがとうございます。少しでも楽しんで頂けたのなら幸いです。

そして書籍版だけでなく、WEB版・コミカライズ版もよろしくお願い申し上げます！

またお会いできることを願って。

二〇二〇年一月　日峰

カドカワBOOKS

勇者様《ゆうしやさま》の幼馴染《おさななじみ》という職業《せつてい》の負《ま》けヒロインに転生《てんせい》したので、
調合師《ちようごうし》にジョブチェンジします。2

2020年 3 月10日　初版発行

著者／日峰《はるみね》

発行者／三坂泰二

発行／株式会社KADOKAWA

〒102-8177
東京都千代田区富士見2-13-3
電話／0570-002-301（ナビダイヤル）

編集／角川ビーンズ文庫編集部

印刷所／旭印刷

製本所／本間製本

Printed in Japan
ISBN 978-4-04-109209-5 C0093

新文芸宣言

かつて「知」と「美」は特権階級の所有物でした。

15世紀、グーテンベルクが発明した活版印刷技術は、特権階級から「知」と「美」を解放し、ルネサンスや宗教改革を導きました。市民革命や産業革命も、大衆に「知」と「美」が広まらなければ起こりえませんでした。人間は、本を読むことにより、自由と平等を獲得していったのです。

21世紀、インターネット技術により、第二の「知」と「美」の解放が起こりました。一部の選ばれた才能を持つ者だけが文章や絵、映像を発表できる時代は終わり、誰もがネット上で自己表現を出来る時代がやってきました。

UGC（ユーザージェネレイテッドコンテンツ）の波は、今世界を席巻しています。UGCから生まれた小説は、一般大衆からの批評を取り込みながら内容を充実させて行きます。受け手と送り手の情報の交換によって、UGCは量的な評価を獲得し、爆発的にその数を増やしているのです。

こうしたUGCから生まれた小説群を、私たちは「新文芸」と名付けました。

新文芸は、インターネットによる新しい「知」と「美」の形です。

2015年10月10日
井上伸一郎